文春文庫

隠れ蓑

新・秋山久蔵御用控（十）

藤井邦夫

目次

おもな登場人物

秋山久蔵　南町奉行所吟味方与力。〝剃刀久蔵〟と称され、悪人たちに恐れられている。心形刀流の遣い手。普段は温和な人物だが、悪党に対しては情け無用の冷酷さを秘めている。

神崎和馬　南町奉行所定町廻り同心。久蔵の部下。

香織　久蔵の後添え。亡き先妻・雪乃の腹違いの妹。

大助　久蔵の嫡男。元服前で学問所に通う。

小春　久蔵の長女。

与平　親の代からの秋山家の奉公人。女房のお福を亡くし、いまは隠居。

太市　秋山家の奉公人。おふみを嫁にもらう。

おふみ　秋山家の女中。ある事件に巻き込まれた後、九年前から秋山家に奉公するようになる。

幸吉　〝柳橋の親分〟と呼ばれた弥平次の跡を継ぎ、久蔵から手札をもらう岡っ引。

お糸　隠居した弥平次の養女で、幸吉を婿に迎えて船宿『笹舟』の女将となった。息子は平次。

弥平次　女房のおまきとともに、向島の隠居家に暮らす。

勇次　元船頭の下っ引。

雲海坊　幸吉の古くからの朋輩で、手先として働く托鉢坊主。ほかの仲間に、しゃぼん玉売りの由松、蕎麦職人見習いの清吉、風車売りの新八がいる。

長八　弥平次のかつての手先。いまは蕎麦屋『藪十』を営む。

隠れ蓑

新・秋山久蔵御用控（十）

第一話

瓜二つ

一

夕暮れ時。

湯島天神《ゆしまてんじん》の境内《けいだい》は参拝客も減り、参道や鳥居前で商売をしていた露店は店仕舞いをし始めていた。

しゃぼん玉売りの由松《よしまつ》は、商売を終えて柳橋《やなぎばし》の船宿『笹舟《ささぶね》』に向かった。

しゃぼん玉を喜ぶ平次《へいじ》の顔を思い浮かべながら……。

門前町《もんぜんまち》の通りから妻恋坂《つまこいざか》を下り、明神下《みょうじんした》の通りに進んで神田川沿いの道に出る。

そして、神田川沿いの道を東に進むと船宿『笹舟』のある柳橋だ。

由松は、商売道具を担いで門前町からの通りを妻恋坂に曲がった。

由松は曲がる時、背後から来る武家の若い女に気が付いた。

武家の若い女は、由松に続いて妻恋坂に曲がった。

由松は、気にも留めずに妻恋坂を下った。

明神下の通りには、仕事仕舞いをした者たちが足早に行き交っていた。

由松は、明神下の通りを神田川に向かった。


夕陽は神田川の流れに映えた。

由松は、神田川沿いの道を東の柳橋に進んでいた。

和泉橋の北詰を過ぎ、新シ橋に差し掛かった時、由松は背後に駆け寄って来る足音を聞いた。

由松は振り返った。

刹那《せつな》、武家の若い女が懐剣を握り、由松に突き掛かった。

由松は、咄嗟《とっさ》に躱《かわ》した。

武家の若い女は、懐剣を振るって由松に襲い掛かった。

「何しやがる……」

由松は身構えた。

「竜吉《りゅうきち》、恭一郎《きょういちろう》さまの仇……」

武家の若い女は、必死の面持ちで叫んだ。

「待ってくれ、俺は竜吉じゃねえ。由松って者だ」

由松は怒鳴った。

「惚《とぼ》けないで……」

武家の若い女は、由松に懐剣を構えて突き掛かった。

由松は躱し、武家の若い女の懐剣を握る腕を抱え込んだ。

「離して……」

武家の若い女は抗った。

「止めろ。俺は竜吉じゃあねえ。人違いだ」

由松は、必死に告げた。

「どうした由松……」

柳橋の幸吉《こうきち》と勇次《ゆうじ》が、新シ橋から駆け寄って来た。

「親分、勇次……」

由松は、武家の若い女を突き飛ばした。

武家の若い女は倒れた。

勇次が飛び掛かり、懐剣を奪い取って押さえ付けた。

「離して。離して下さい。此の人は浪人の香川《かがわ》恭一郎さまを殺した人殺しの竜吉なんです」

武家の若い女は、幸吉と勇次に涙声で必死に訴えた。

「あっしはこう云う者だが……」

幸吉は、懐の十手を見せた。

「親分さん……」

武家の若い女は、驚きと戸惑いを浮かべた。

「此奴はあっしの身内の由松って者でしてね。竜吉なんて名前じゃありませんぜ」

幸吉は眉をひそめた。

「そ、そんな。竜吉じゃあないなんて、そんな……」

武家の若い女は、由松を見詰めて混乱した。

由松、幸吉、勇次は見守った。

神田川は、大禍時《おおまがとき》の薄暮に覆われた。

船宿『笹舟』は軒行燈《のきあんどん》を灯した。

女将《おかみ》のお糸《いと》は、仲居や船頭と忙しく客を迎え、見送っていた。


座敷には行燈が灯された。

幸吉は、武家の若い女を柳橋の船宿『笹舟』に伴った。

武家の若い女は、名前を高岡美保《たかおかみほ》と云う浪人の娘だった。

「そうですか、由松さんですか、本当に申し訳ありませんでした……」

美保は、由松に頭を深々と下げて人違いを謝った。

「いえ。それより、その竜吉、あっしの面とそんなに良く似ているんですかい……」

由松は眉をひそめた。

「はい。私も二、三度逢っただけですけど、良く似ております。そっくりなのです」

美保は、由松の顔を見詰めた。

「そうですか……」

由松は苦笑した。

「で、美保さん、構わなかったら、竜吉って奴が香川恭一郎さんを殺したって一件、詳しく話して貰えませんか……」

幸吉は尋ねた。

「はい。香川恭一郎さまは相州《そうしゅう》浪人で口入屋《くちいれや》の仕事をしていました。そこで竜吉って人と知り合い、親しくなりました。そして、大店《おおだな》の御隠居さまのお供で大山詣りに行く事になりまして……」

美保は、哀しげに言葉を詰まらせた。

香川恭一郎は、竜吉と一緒に大店の隠居のお供をして大山詣りに行った。そして、竜吉は恭一郎を背後から刺し殺し、隠居の持っていた金を奪って姿を消したのだ。

「そして、今日、湯島天神で……」

「しゃぼん玉を売っているあっしを見て、竜吉だと思ったんですね」

由松は読んだ。

「はい。てっきり竜吉だと……」

美保は頷《うなず》いた。

「美保さん、香川恭一郎さんが殺されたのは、いつの事ですかい……」

幸吉は尋ねた。

「一年前の事です」

「一年前ですか……」

「はい……」

美保は頷いた。

事件は、一年前に大山の手前の藤沢宿の旅籠《はたご》で起きていた。

「で、美保さんは、香川恭一郎さんとどんな拘《かかわ》りで……」

幸吉は訊いた。

「同じ長屋に住んでいて、言い交わした仲です」

美保は、俯《うつむ》き加減に告げた。

「そうですか……」

幸吉は頷いた。

高岡美保は、言い交わした浪人香川恭一郎を殺した竜吉を討ち果たし、仇を取ろうとしている。そして、その竜吉は、由松に良く似た顔をしているのだ。

行燈の明かりは、俯く美保の横顔を仄《ほの》かに照らしていた。

日本橋室町《にほんばしむろまち》の呉服屋『京屋《きょうや》』は、客で賑わっていた。

幸吉は、由松と勇次を伴って呉服屋『京屋』を訪れ、隠居の藤兵衛《とうべえ》に面会を求めた。

隠居の藤兵衛は、幸吉、由松、勇次を離れの自室に招いた。

「岡っ引の柳橋の幸吉親分ですか……」

隠居の藤兵衛は、小さな白髪髷《しらがまげ》を揺らした。

「はい。こっちは由松と勇次です」

幸吉は、背後に控えている由松と勇次を示した。

「ほう。由松さんか……」

藤兵衛は、由松の顔をまじまじと見詰めた。

「はい。由松です」

由松は、己の顔を藤兵衛に向けた。

「そうか、由松さんか……」

藤兵衛は頷いた。

「はい。昨日、香川恭一郎さんの許嫁《いいなずけ》の美保さんに襲われましてね」

由松は苦笑した。

「美保さんが……」

藤兵衛は、白髪眉をひそめた。

「はい……」

「そっくりだ。驚く程、良く似ているね。遊び人の竜吉と……」

藤兵衛は苦笑した。

「やはり。御隠居さまが見ても良く似ていますか……」

幸吉は訊いた。

「ええ。私も最初は竜吉かと思いましたよ」

藤兵衛は頷いた。

「で、その竜吉、どんな奴なんですか……」

「お店《たな》の旦那や隠居の使い走りをしている遊び人でね。私が大山詣りに行くので、大山迄の道中に詳しい人を捜していたら、竜吉が相州浪人の香川恭一郎さんを連れて来ましてね。それで、香川さんに逢ってみると、相州や道中にも詳しく、才覚もあり腕もそこそこ立ち、それに何と云っても人柄が良くてね。道案内に雇う事にしたんですよ。で、序《つい》でに竜吉も荷物持ちに……」

「雇いましたか……」

「ええ。で、藤沢の旅籠でいきなり香川さんを後ろから刺し、私の大山詣りの御布施の五十両を奪って逃げてね……」

「御布施の五十両を奪って……」

「うむ。竜吉、どうも最初からそれが狙いだったようでね。ま、何《いず》れにしろ、香川さんは駆け付けたお医者の手当ての甲斐もなく……」

藤兵衛は、申し訳なさそうに頭を下げた。

「亡くなられましたか……」

「うむ。それで、大山詣りを止め、香川さんの亡骸《なきがら》と直ぐに江戸に帰って来て、美保さんと弔《とむら》いをしましたよ……」

藤兵衛は、吐息混じりに告げた。

「で、その後、藤沢宿の宿場役人から、何か云って来たとかは……」

幸吉は訊いた。

「何もありませんよ」

藤兵衛は、腹立たしさを滲《にじ》ませた。

「じゃあ、それ以後、遊び人の竜吉を見掛けた事は……」

「ありません。今日、由松さんを見て、暫《しばら》く振りに竜吉の顔を思い出したぐらいですよ」

「そうですか……」

幸吉は頷いた。

幸吉、由松、勇次は、隠居の藤兵衛に礼を云って呉服屋『京屋』を後にした。

高岡美保の云った事は、事件の被害者である呉服屋『京屋』の隠居の藤兵衛の話と同じだった。

「で、どうします……」

勇次は、幸吉の出方を窺《うかが》った。

「うん。一年前の藤沢宿での一件、どうなっているのか、和馬《かずま》の旦那に調べて貰う」

「じゃあ、あっしは江戸に舞い戻っているかどうか分りませんが、竜吉の野郎をちょいと捜してみます」

由松は告げた。

「そうか。じゃあ勇次、雲海坊《うんかいぼう》や新八《しんぱち》、清吉《せいきち》に事の次第を話し、由松に良く似た顔の遊び人の竜吉を捜してみな」

幸吉は命じた。

「承知しました」

幸吉、由松、勇次は別れた。


月番の南町奉行所は、表門を八文字に開いていた。

「一年前の藤沢宿での事件か……」

定町廻《じょうまちまわ》り同心の神崎《かんざき》和馬は、幸吉の話を聞いて眉をひそめた。

「ええ。御存知ですか……」

「いや。初めて聞く話だ。一年前、藤沢宿の宿場役人から何か報せがあったかどうか、調べてみるか……」

「お願いします」

「うむ。それにしても、その遊び人の竜吉の面が由松に良く似ているとは、由松も迷惑な話だな……」

和馬は、由松に同情した。

「ええ……」

幸吉は頷いた。

船宿『笹舟』の暖簾《のれん》は、神田川からの微風に揺れていた。

雲海坊は、店土間の大囲炉裏《いろり》を囲む縁台に腰掛け、由松の顔をまじまじと見詰めた。

「何ですかい、兄貴……」

由松は、雲海坊に怪訝《けげん》な眼を向けた。

「いや。その遊び人の竜吉、お前にそっくりなんだろう……」

雲海坊は笑った。

「ええ……」

由松は頷いた。

「由松、良く見るとお前、結構二枚目だな」

雲海坊は、感心したように由松の顔を見直した。

「えっ……」

由松は、戸惑いを浮かべた。

「で、由松、お前、その竜吉に間違われて命を狙われたか……」

「ええ。若い女と云っても、浪人の娘でしてね。危ねえ処でしたよ」

「そうか……」

　雲海坊は茶を飲んだ。

「由松の兄貴……」

　勇次が新八と清吉を伴い、船宿『笹舟』の店土間に入って来た。

「おう、どうだった……」

　由松は迎えた。

「はい。新八も清吉も由松の兄貴に良く似た遊び人は知らないそうですよ」

　勇次は告げた。

「そうか、知らねえか……」

　由松は眉をひそめた。

「はい……」

　新八と清吉は頷いた。

「みんな、良く見たら由松、ちょいと薄情そうだが、苦み走った好い男だ。遊び人の竜吉の野郎、由松と面が似ているとなると……」

　雲海坊は読んだ。

「雲海坊さん……」

勇次は眉をひそめた。

「女と拘りがあるかもな……」

雲海坊は笑った。

「女と拘りですか。よし、新八、清吉、その辺から由松の兄貴に良く似た面の竜吉を捜してみな」

勇次は告げた。

「はい。じゃあ……」

新八と清吉は、船宿『笹舟』から威勢良く出て行った。

「じゃあ、拙僧も行くかな」

雲海坊は、破れた饅頭笠《まんじゆうがさ》を被り、錫杖《しやくじよう》を持って出て行った。

「由松の兄貴……」

「うん。美保さんの話じゃあ、殺された香川恭一郎さんは、上野北大門町《きただいもんちよう》の萬屋《よろずや》って口入屋に出入りしていて竜吉と知り合ったそうだ。口入屋の萬屋に行ってみるぜ」

「じゃあ、あっしも一緒に行きますぜ」

勇次は笑った。

「ほう。由松に良く似た野郎か……」

南町奉行所吟味方与力《ぎんみがたよりき》の秋山久蔵《あきやまきゅうぞう》は眉をひそめた。

「はい……」

幸吉は頷いた。

「そいつは迷惑な話だな。由松も気の毒に……」

久蔵は、由松に同情した。

「それで今、みんなで由松に良く似た竜吉を捜していますが、江戸にいるのかどうか……」

幸吉は首を捻《ひね》った。

「うむ。一年前に浪人の香川恭一郎を殺し、呉服屋京屋の隠居から五十両もの大金を奪ったとなると、熱海や箱根でかなりの間、御大尽遊びが出来る。危ない江戸にわざわざ帰って来ないか……」

久蔵は読んだ。

「はい。そう思いますが……」

幸吉は頷いた。

「秋山さま……」

和馬がやって来て、久蔵に挨拶をした。

「おう。入りな……」

久蔵は、和馬を招いた。

「はい。柳橋の、一年前、藤沢宿の宿場役人から柏屋《かしわや》って旅籠で江戸の呉服屋京屋の隠居の藤兵衛が竜吉ってお供に金を奪われ、香川恭一郎なる浪人が殺された、と云う報告が届いていたよ」

和馬は報せた。

「そうですか……」

「うむ。どうやら、一年前の藤沢宿での一件、間違いないな」

「ええ……」

幸吉は頷いた。

「ま、肝心なのは、竜吉が江戸に舞い戻っているかどうかだな」

久蔵は苦笑した。

大川には様々な船が行き交い、架かっている両国橋《りょうごくばし》は両国広小路と本所を結んでいた。

両国広小路には見世物小屋や多くの露店が並び、大勢の遊び客で賑わっていた。

雲海坊は、両国橋の西詰に易者などと並んで托鉢《たくはつ》をしていた。

由松に似た顔の遊び人はいないか……。

雲海坊は、饅頭笠の破れ目から行き交う男を見ながら経を読んでいた。


新八と清吉は、神田明神門前町の地廻り一家を訪れ、三下の利助《りすけ》を呼び出した。

「なんだい……」

利助は眉をひそめた。

「利助、うちの由松の兄貴を知っているな」

新八は尋ねた。

「ああ。しゃぼん玉売りの由松さんなら知っているぜ」

利助は、戸惑いを浮かべた。

「その由松の兄貴と顔の良く似た竜吉って遊び人、知らないかな……」

清吉は訊いた。

「由松さんと顔の良く似た竜吉……」

「ああ。知らないかな」

「さあ。由松さんに似た顔の野郎なんか、知らないぜ……」

利助は告げた。

「そうか……」

「だったら利助、一家のみんなにも訊いてくれないかな……」

新八は頼んだ。

「出来るか。そんな面倒な真似……」

利助は、嘲《あざけ》りを浮かべた。

「利助……」

新八は、利助の肩に腕を廻して笑い掛けた。

「な、なんだい……」

利助は緊張した。

「親方が留守の間、女将さんに抱かれているのを黙っていて欲しければ、やるしかないんだぜ」

新八は、利助の弱みを握っていた。

「新八っつあん……」

利助は焦り、怯《おび》えを過《よ》ぎらせた。

「面倒な真似でもやるしかねえ……」

新八は、笑みを浮かべて囁《ささや》いた。

二

下谷《したや》広小路は、東叡山寛永寺《とうえいざんかんえいじ》や不忍池《しのばずのいけ》の弁財天などの参拝客や遊び客で賑わっていた。

口入屋『萬屋』は、広小路傍の上野北大門町の裏通りにあり、主は千吉《せんきち》と云う名前だった。

「邪魔するよ」

由松と勇次は、口入屋『萬屋』を訪れた。

「いらっしゃい。あっ……」

口入屋『萬屋』の奥の帳場にいた小柄な中年の主は、小さな眼を丸くして由松の顔を見詰めた。

中年の主の千吉は、遊び人の竜吉を知っている。

由松と勇次は苦笑した。

「萬屋の主の千吉さんですね……」

勇次は、懐の十手を見せた。

「は、はい……」

千吉は、戸惑った面持ちで頷いた。

「あっしたちは、岡っ引の柳橋の幸吉の身内の者でしてね、ちょいと訊きたい事があって寄らせて貰いました」

勇次は告げた。

「柳橋の親分さんの。で、何ですか……」

千吉は、頷きながら由松を窺った。

「一年前迄、香川恭一郎って浪人さんが此処の口利きで仕事をしていましたね」

「えっ、ええ……」

千吉は頷いた。

「で、此処で竜吉って遊び人と知り合ったと聞きましたが……」

「ええ。竜吉も時々、うちの仕事をしていましたから……」

「その遊び人の竜吉、近頃、見掛けませんでしたかね」

由松は尋ねた。

「いいえ。竜吉は一年前、香川さんと京屋の御隠居さんのお供で大山詣りに行った切りでして。良く似ているけど、良く見ると違いますね……」

千吉は、由松に笑い掛けた。

「ええ。ですが時々、間違われましてね。竜吉、近頃は見掛けませんかい……」

由松は苦笑し、尋ねた。

「ええ。今日、一年振りに良く似た人に逢いましたがね……」

千吉は笑った。

「じゃあ竜吉、一年前迄、何処《どこ》に住んでいたのかな……」

由松は尋ねた。

「竜吉、池之端仲町《いけのはたなかちよう》の甚兵衛《じんべえ》長屋《ながや》に住んでいましたよ」

千吉は、不忍池の方を眺めた。

「池之端仲町の甚兵衛長屋ですね……」

由松は念を押した。

「ええ……」

「じゃあ、香川恭一郎さんの他に竜吉と親しかった者はいましたか……」

勇次は尋ねた。

「さあ……」

千吉は、首を捻った。

池之端仲町は不忍池の南岸にあり、甚兵衛長屋は裏通りの外れにあった。

勇次と由松は、甚兵衛長屋を訪れた。

遊び人の竜吉が暮らしていた家には、既に別の者が住んでいた。

勇次と由松は、甚兵衛長屋のおかみさん連中に聞き込みを掛けた。

竜吉の評判は良くなく、見掛けた者はいなかった。

竜吉を追う手掛りは途切れた。

不忍池は夕暮れ時になり、塒《ねぐら》に帰る多くの鳥の鳴き声が響いた。


由松、勇次、新八、清吉、そして雲海坊の探索にも拘わらず、遊び人の竜吉の足取りは摑めなかった。

足取り以前に、竜吉が江戸に舞い戻っているかどうかも判然としなかった。

「やっぱり、江戸に戻っちゃあいないのかもしれないな」

幸吉は眉をひそめた。

入谷鬼子母神《いりやきしもじん》傍のお稲荷《いなり》長屋には、赤ん坊の泣き声が響いていた。

由松は、お稲荷長屋に高岡美保を訪ねた。

美保は、心の臓の病で寝込んでいる父親の高岡勘兵衛《かんべえ》を抱え、仕立物や飾り紐作りを請負って暮しを立てていた。

由松は、美保を長屋の木戸の傍にある稲荷堂に呼び出し、竜吉の存在が摑めない事を告げた。

「竜吉、江戸に戻っていないのかもしれないのですか……」

美保は、肩を落した。

「ええ。今の処、竜吉を見掛けた者が見付かりませんでしてね」

由松は眉をひそめた。

「そうですか……」

「ですが、南町奉行所の御役人たちが、一年前の藤沢宿での事件の探索を始めます」

「南町奉行所が……」

「ええ。で、遊び人の竜吉を追います。直ぐじゃありませんけど、必ず竜吉を見付け出してやりますよ」

由松は、厳しい面持ちで告げた。

「すみません、由松さん。間違いでも刺そうとした私の為に……」

美保は、由松に頭を下げた。

「いいえ。京屋の御隠居や口入屋の千吉の旦那にも竜吉に良く似ていると云われましてね。自分にそっくりな奴が人殺しだなんて、どうにも落ち着かなくて。あっし自身の為でもあるんですよ」

由松は苦笑した。

「そうですか……」

美保は微笑《ほほえ》んだ。

微風が吹き抜け、微笑む美保の解れ髪《ほつ》を揺らした。

両国広小路は賑わい、両国橋には多くの人が行き交っていた。

雲海坊は、破れた饅頭笠を被って両国橋の西詰で托鉢をしていた。

両国広小路には多くの人が行き交った。

雲海坊は経を読み、饅頭笠の破れ目から行き交う人を眺めていた。
由松がやって来た。
雲海坊は気が付いた。
今日は此処でしゃぼん玉を売るのか……。
雲海坊は読んだ。
違う……。
雲海坊は、由松がしゃぼん玉売りの道具を持っていないのに気が付いた。
俺に用でもあるのか……。
雲海坊は、経を読みながらやって来る由松を見守った。
由松は、雲海坊に気が付かないのか、一瞥《いちべつ》もしないで両国橋に進んだ。
えっ……。
雲海坊は戸惑った。
由松じゃあない……。
雲海坊は気が付いた。
竜吉……。
雲海坊は、慌てて両国橋に向かった。

両国橋には、多くの人が行き交っていた。

雲海坊は、行き交う人々の中を竜吉を追って本所に向かった。

両国橋を渡り終えて本所に着いた時、竜吉はいなかった。

雲海坊は、辺りに竜吉を捜した。だが、竜吉の姿は何処にも見えなかった。

雲海坊は見失った。

しかし、竜吉はいた。

竜吉は、江戸に舞い戻っていたのだ。

雲海坊は立ち尽くした。


「竜吉がいた……」

由松は眼を瞠《みは》った。

「ああ。広小路から両国橋を渡って本所に行ったぜ。由松にそっくりな野郎が……」

雲海坊は、激しく息を弾ませた。

「で、野郎、本所の何処に行ったんですか……」

由松は、血相を変えて雲海坊に迫った。

「そいつが、見失っちまって……」

雲海坊は、勇次の持って来た水を喉を鳴らして飲んだ。

由松は、船宿『笹舟』から飛び出して行った。

「勇次……」

幸吉は、勇次に追えと目配せをした。

「はい……」

勇次は頷き、由松を追った。

「雲海坊、見間違いはないんだな……」

「ああ。俺も由松かと思う程、良く似た面の野郎だった」

雲海坊は、息を整えた。

「そうか。竜吉の野郎、江戸に舞い戻っていやがったか……」

幸吉は眉をひそめた。

「ああ。おそらく本所か深川辺りで隠れて暮らしているんだぜ」

雲海坊は読んだ。

由松は、船宿『笹舟』を飛び出して神田川に架かっている柳橋を渡り、両国広小路から両国橋に走った。

両国橋には多くの人が行き交っていた。

由松は、多くの人の行き交う両国橋を駆け抜け、本所元町《もとまち》に出て辺りを見廻した。

俺と良く似た面の竜吉……。

由松は、行き交う人を見廻した。だが、竜吉は何処にもいなかった。

「由松の兄貴……」

勇次が追って来た。

「勇次……」

「いましたか……」

「いや、いねえ……」

由松は、悔しげに首を横に振った。

「そうですか。でも、竜吉の野郎が江戸にいると分っただけでも良かったですね」

「ああ。本所、深川、必ず捜し出してやる」

由松は、厳しい面持ちで本所の町並みを見廻した。

「ほう。由松に良く似た顔の男を雲海坊が見掛けたのか……」

久蔵は眉をひそめた。

「ええ。由松に良く似た男、両国橋を渡って本所に行ったそうです」

和馬は告げた。

「で、柳橋たちが本所を捜し始めたか……」

「はい。由松に良く似た男を捜し出し、竜吉だと見定めると……」

「和馬、おそらく、そいつは香川恭一郎を殺し、五十両の金を奪った遊び人の竜吉に違いないだろう。そいつが危ない江戸に舞い戻っていたとなると、それなりの理由があっての事かもしれないな」

久蔵は読んだ。

「それなりの理由ですか……」

和馬は眉をひそめた。

「ああ。その辺を良く見定めるんだな」

久蔵は、小さな笑みを浮かべた。

由松と良く似た顔の竜吉は、再び両国橋を通る……。

幸吉は、大川に架かっている両国橋の西詰両国広小路側に雲海坊、東詰の本所側に由松を張り込ませ、清吉に繋ぎを取らせた。そして、勇次と新八に本所の町々に由松に似た顔の竜吉を捜させた。

雲海坊と由松は、両国橋を行き交う人々の中に竜吉を捜した。だが、竜吉らしい由松に顔の良く似た男は、通り掛からなかった。

勇次と新八は、本所回向院界隈《えこういんかいわい》の元町、尾上町《おのえちょう》、藤代町《ふじしろちょう》、松坂町《まつざかちょう》などの木戸番や自身番を訪れ、由松に良く似た顔の竜吉を捜した。

竜吉を知っている木戸番や自身番の者はいなく、勇次と新八は竪川《たてかわ》沿いの町に探索の範囲を広げて行った。

大川には様々な船が行き交い、両国橋は行き交う人々で賑わっていた。

由松は、両国橋の本所側の袂《たもと》の物陰に佇《たたず》み、両国橋を往き来する人々の中に竜吉を捜し続けていた。

「どうですか……」

清吉が何気なく近付き、囁いた。

「通らねえ。雲海坊の兄貴の方は……」

由松は、行き交う人々を見ながら訊いた。

「今の処、未だ……」

「そうか……」

由松は頷いた。

「あれ、こんな処で何をしてんだい……」

両国橋を渡って来た半纏《はんてん》を着た男が、由松に笑い掛けた。

「えっ……」

由松は、戸惑いを浮かべた。

「えっ……」

半纏を着た男も戸惑った。

「お前さん……」

由松は眉をひそめた。

「いや。人違いのようだ。御免為《な》すって……」

半纏を着た男は、苦笑しながら竪川に向かって行った。

「由松の兄貴……」

清吉は眉をひそめた。

「うん、ひょっとしたら、竜吉の知り合いで、間違ったのかもしれないな」

由松は読んだ。

「ええ。追ってみますか……」

「ああ。行き先を突き止めてくれ」

「合点です。じゃあ……」

清吉は、半纏を着た男を追って竪川に急いだ。

由松は見送り、再び両国橋を行き交う人々を眺めた。


本所竪川は大川から下総中川《しもうさなかがわ》に続き、様々な荷を積んだ荷船が行き交っていた。

半纏を着た男は、竪川沿いの道を進んで一つ目之橋の袂を過ぎた。

清吉は、半纏を着た男を慎重に尾行《つけ》た。

半纏を着た男は、竪川沿いを進んで二つ目之橋を渡った。

清吉は尾行た。

二つ目之橋を渡った半纏を着た男は、そのまま小名木川《おなぎがわ》の方に進んだ。

半纏を着た男は、弥勒寺《みろくじ》の横手を抜けて五間堀《ごけんぼり》に架かる弥勒寺橋を渡り、北森下町《きたもりしたちょう》にある商人宿《あきんどやど》に入った。

清吉は見届けた。

商人宿は古くて小さく、余り繁盛しているようには見えなかった。

清吉は、北森下町の木戸番に走った。

「北森下町にある商人宿の相模屋《さがみや》……」

由松は眉をひそめた。

「はい。北森下町の木戸番の話じゃあ、十年程前に定五郎《さだごろう》とおまちって夫婦が潰れた旅籠を居抜きで買い、商人宿相模屋の看板を掲げたそうでしてね。余り繁盛はしちゃあいないようです」

清吉は、北森下町から両国橋の袂に戻って由松に報せた。

「商人宿の相模屋か……」

「はい。で、半纏を着た奴は、泊り客の行商人のようですぜ」

「泊り客か……」

「ええ……」

清吉は頷いた。

「由松の兄貴、清吉……」

勇次と新八がやって来た。

「おう……」

由松は迎えた。

「回向院界隈に竜吉らしい奴はいませんでしてね。竪川沿いを調べているんですが、こっちはどうですか……」

勇次は訊いた。

「そいつが、俺の顔を見て声を掛けて来た奴がいてな……」

由松は告げた。

「そいつ、知らない奴ですか……」

新八は眉をひそめた。

「ああ……」

「まさか、又間違われたんじゃあ……」

勇次は読んだ。

「うん。で、清吉が追った」

「清吉……」

勇次は、清吉を促した。

「はい。そいつは……」

清吉は、由松に声を掛けて来た半纏を着た男を尾行て知った事を告げた。

「北森下町の相模屋って商人宿の泊り客か……」

勇次は、厳しさを滲ませた。

「ええ……」

「よし。清吉、新八と一緒にその半纏を着た奴を見張れ、竜吉と繋ぎを取るかもしれない」

勇次は命じた。

「合点です……」

清吉と新八は、深川北森下町に走った。

「由松の兄貴、もう直、良く似た竜吉にお目に掛かれますぜ」

勇次は笑った。

「ああ……」

由松は頷いた。

両国橋には多くの人が行き交った。

深川五間堀は、本所竪川と深川小名木川を南北に結ぶ六間堀に繋がっている。

商人宿『相模屋』には、定五郎とおまちの主夫婦と二人の通いの女中と老下男がいた。

新八と清吉は、五間堀を挟んだ萬徳山《まんとくざん》弥勒寺の境内から見張った。

商人宿『相模屋』には、三人の行商人が泊まっており、由松に声を掛けた半纏を着た男もその一人だった。

「あいつだ……」

清吉は、荷物を担いで出掛けて行く半纏を着た男を示した。

「よし……」

新八は頷き、半纏を着た男を追った。

清吉は続いた。

南町奉行所の中庭には、木洩れ日が揺れていた。

「ほう。由松、又間違われたのか……」

久蔵は、幸吉に訊き返した。

「はい。深川は北森下町の商人宿相模屋に泊まっている行商人に……」

幸吉は、勇次から報された事を久蔵と和馬に伝えた。

「と云う事は、その行商人、由松に良く似ている竜吉を知っているか……」

和馬は読んだ。

「きっと……」

幸吉は頷いた。

「して、柳橋の。その行商人には見張りを付けてあるのだな」

「はい。勇次が新八と清吉を付けました」

「うむ。和馬、北森下町の商人宿の相模屋を詳しく調べてみろ」

久蔵は命じた。

「相模屋ですか……」

和馬は眉をひそめた。

「うむ。主の定五郎をな……」

久蔵は、冷ややかな笑みを浮かべた。

三

半纏を着た男は、荷物を背負って竪川に架かっている二つ目之橋を渡った。そして、二つ目通りを北本所に進んだ。

清吉と新八は追った。

半纏を着た男は、御竹蔵《おたけぐら》の裏を進み、大川沿いの道に出た。

此のまま行けば、隅田川に架かっている吾妻橋《あづまばし》になる。

吾妻橋を渡れば浅草《あさくさ》であり、そのまま北に進めば向島《むこうじま》だ。

半纏を着た男はどちらに行くのか……。

清吉と新八は尾行た。

隅田川に架かっている吾妻橋は浅草と北本所を結んでおり、多くの人が行き交っていた。

半纏を着た男は、北本所から吾妻橋を渡り始めた。

「浅草だ……」

清吉と新八は、半纏を着た男に続いて吾妻橋を渡り始めた。

浅草広小路は、金龍山浅草寺《きんりゅうざんせんそうじ》の参拝客と奥山の遊び客で賑わっていた。

半纏を着た男は、浅草広小路を進んで東仲町の通りに入った。そして、或る大店の前に立ち止まって眺めた。

「新八……」

清吉は、物陰から見守った。

「ああ。茶道具屋香山堂《こうざんどう》に用でもあるのかな……」

新八は、半纏を着た男が眺めている大店の看板を読んだ。

茶道具屋『香山堂』は老舗《しにせ》の大店であり、番頭や手代が武士やお店の旦那風の客の相手をしていた。

半纏を着た男は、踵《きびす》を返して浅草広小路に向かった。

「清吉……」

「おう……」

半纏を着た男は、茶道具屋『香山堂』を訪れず、不意に踵を返したのだ。

新八と清吉は、慌てて追った。


金龍山浅草寺境内は、多くの参拝客で賑わっていた。

半纏を着た男は、境内の片隅にある茶店に入り、荷物を降ろして縁台に腰掛け、茶店娘に茶を頼んだ。

新八と清吉は、行き交う参拝客越しに半纏を着た男を見守った。

「商売もしないで茶店で一休みか……」

清吉は眉をひそめた。

「ああ……」

新八は、厳しい面持ちで半纏の男を見詰めた。

半纏を着た男は、運ばれて来た茶を飲んだ。

羽織を着たお店者が、半纏を着た男の隣に腰掛けて茶を頼んだ。

「あっ……」

新八と清吉は、眼を瞠った。

羽織を着たお店者は、由松に良く似た顔だった。

「由松の兄貴……」

清吉は、呆然と呟いた。

「ああ。由松の兄貴に良く似た面の竜吉だ」

新八は、思わず喉を鳴らした。

半纏を着た男と竜吉は、茶を飲みながら何事か言葉を交わし始めた。

半纏を着た男は、竜吉と繋ぎを取ったのだ。

「漸《ようや》く見付けたぜ」

新八は、嬉しげに笑った。

「ああ。お縄にするか……」

清吉は意気込んだ。

「いや。後を尾行て塒を突き止めた方が良いだろうな」

新八は読んだ。

「そうだな……」

清吉は頷き、竜吉を見詰めた。

僅かな刻《とき》が過ぎた。

竜吉は、半纏を着た男に何事かを告げ、茶を飲み干して茶店を出た。

「新八……」

「ああ……」

清吉と新八は、竜吉の尾行を開始した。

竜吉は、浅草寺の東門を出て隅田川沿いの町に向かった。

清吉と新八は、慎重に竜吉を尾行た。

隅田川沿いには、浅草花川戸町、山之宿町、金龍山下瓦町などが続き、山谷堀を越えて今戸町がある。

竜吉は、山谷堀に架かっている今戸橋を渡り、浅草今戸町に進んだ。

清吉と新八は追った。

竜吉は、今戸町の裏通りに進み、路地に入った。そして、路地の奥にある小さな家に入った。

清吉と新八は見届けた。

「此処が塒か……」

「きっとな……」

清吉は、喉を鳴らして頷いた。

「よし。俺が一っ走りして親分と由松の兄貴に報せる。清吉は、此のまま見張りをな」

新八は決めた。

「合点だ」

清吉は頷いた。

「じゃあな……」

新八は走った。

清吉は見送り、路地の奥の竜吉の小さな家を見張った。

浅草今戸町から船宿『笹舟』のある柳橋には、浅草広小路から蔵前通りを真っ直ぐ神田川に架かっている浅草御門に行けば良い。

柳橋は浅草御門の東にあり、袂に船宿『笹舟』、渡ると両国広小路だ。

新八は、蔵前の通りを猛然と走った。

浅草今戸町の裏通りには、物売りの声が響いていた。

清吉は、裏通り越しに路地の奥の小さな家を見張り続けた。

小さな家から竜吉が出て来る事はなかった。

清吉は、辺りの店の者に竜吉の事を聞き込もうと思った。だが、下手な真似をして竜吉に気が付かれ、逃げられたらお仕舞だ。

黙って見張るしかない……。

清吉は、竜吉の入った小さな家を見張った。


「いたか……」

幸吉は、顔を輝かせた。

「はい。由松の兄貴にそっくりな面して、今戸に。清吉が見張っています」

「よし。由松と雲海坊を呼んで来い……」

幸吉は命じた。

「はい……」

新八は、両国橋に走った。

「勇次、和馬の旦那に報せろ」

「承知……」

勇次は、南町奉行所に走った。

幸吉は、戻って来た由松、雲海坊、新八と浅草今戸町に走った。

竜吉は、路地奥の小さな家から出て来る事はなかった。

清吉は、辛抱強く見張り続けていた。

「清吉……」

新八が戻って来た。

「新八……」

「竜吉、家に入ったままか……」

「ああ。親分は……」

「向こうのお稲荷さんに来ている。早く行け」

「ああ……」

清吉は、新八と見張りを代わって稲荷堂に走った。

稲荷堂の前には、幸吉と由松がいた。

「親分、由松の兄貴……」

清吉は駆け寄った。

「竜吉の野郎は……」

由松は、勢い込んで尋ねた。

「路地奥の家に入ったままです」

「野郎……」

「由松、竜吉は北森下町の商人宿の泊り客と繋ぎを取った。そいつは何かあっての事だとみて良いだろう。暫く様子を見るぜ」

幸吉は、勢い込む由松に釘を刺した。

「はい……」

由松は、喉を鳴らして頷いた。

「親分……」

雲海坊がやって来た。

「どうだった……」

「はい。木戸番の父っつあんに訊いた処、路地奥の家に住んでいる野郎の名は喜《き》助《すけ》。生業《なりわい》は口利き屋だそうです」

「喜助って名前の口利き屋……」

幸吉は眉をひそめた。

「ええ。喜助ってのは偽名でしょう。で、口利き屋ってのは、大店に頼まれ、売れ残った品物を買ってくれるお店を探す仕事だそうですぜ」

雲海坊は告げた。

「竜吉、偽名でそんな得体の知れねえ仕事をしているんですかい」

由松は眉をひそめた。

「ああ。いろいろ臭う仕事だぜ……」

雲海坊は苦笑した。

「親分……」

「うん。とにかく由松に良く似ているって面を拝むか……」

幸吉は笑った。

雲海坊は、経を読みながら路地の奥に進んだ。

幸吉と由松は、路地の奥の物陰に潜んで見守った。

雲海坊は、竜吉の入った小さな家の前に立ち、経を読み続けた。

僅かな刻《とき》が過ぎ、小さな家の腰高障子が開いた。

由松に良く似た顔の男が現れた。

竜吉……。

雲海坊は見定めた。

刹那、竜吉は手桶の水を雲海坊に浴びせた。

雲海坊は、咄嗟に饅頭笠で躱した。

「煩《うる》せえんだよ」

竜吉は怒鳴り、雲海坊を睨《にら》み付けて腰高障子を乱暴に閉めた。

雲海坊は苦笑し、手拭で濡れた衣を拭きながら路地を出た。


幸吉と由松が、路地から追って出て来た。

「大丈夫か……」

幸吉は、雲海坊を労《いたわ》った。

「ああ。坊主に水を浴びせるとは、罰当たりな奴だ」

雲海坊は苦笑した。

「それにしても、由松に良く似ていたな」

幸吉は感心した。

「ああ。吃驚《びっくり》したぜ……」

雲海坊は、由松をまじまじと見た。

「冗談じゃありませんぜ」

由松は、腹立たしげに吐き棄てた。

幸吉と雲海坊は、由松に良く似た顔の竜吉を見定めた。

由松は、己の面に良く似た他人の顔を初めて見て思わず身震いをした。

「竜吉をお縄にするのは簡単だが、気になるのは、繋ぎを取っている北森下町の商人宿相模屋に泊まっている行商人だな」

幸吉は眉をひそめた。

「ええ。商人宿の相模屋、詳しく探ってみる必要がありますぜ」

由松は頷いた。

「よし、じゃあ、俺が相模屋を探りますよ」

雲海坊は、饅頭笠を被った。

「うん。新八、お前も一緒に行きな」

幸吉は命じた。

「合点です」

新八は頷き、雲海坊と一緒に深川北森下町に向かった。

幸吉は、路地の向い側にある荒物屋の納屋を借りて見張り場所にした。

荒物屋の納屋の格子窓からは、竜吉の小さな家のある路地が見えた。

幸吉、由松、清吉は、交代で見張った。

「親分、由松の兄貴、神崎の旦那と勇次の兄貴が来ました。呼んで来ます」

格子窓から見張っていた清吉は、素早く納屋から出て行った。

僅かな刻が過ぎた。

「いたそうだな。竜吉……」

和馬と勇次が、清吉に誘《いざな》われて納屋に入って来た。

「はい。噂通り、由松に良く似ていましたよ」

幸吉は告げた。

「ほう。そんなにか……」

和馬は、由松に尋ねた。

「はい。腹が立つ程ですぜ」

由松は苦笑した。

「そうか。で、竜吉、何をしているのか分ったか……」

「そいつなんですがね。竜吉の奴、喜助って名前で口利き屋をしているそうです」

幸吉は報せた。

「口利き屋、何だそりゃあ……」

和馬は眉をひそめた。

「はい……」

幸吉は、口利き屋と云う仕事を説明した。

「売れ残った品物を買い取ってくれる相手を捜すか……」

和馬は首を捻った。

「胡散臭《うさんくさ》い商売ですぜ……」

幸吉は眉をひそめた。

「うむ。秋山さまは北森下町の商人宿相模屋との拘りで盗賊かと睨んだが、騙《かた》りの一味かもしれないな」

和馬は読んだ。

「ええ。雲海坊と新八が商人宿の相模屋を探っています」

幸吉は告げた。

「そうか……」

和馬は頷いた。

「親分、和馬の旦那……」

清吉が呼んだ。

幸吉、和馬、由松、勇次が、清吉のいる格子窓に素早く近寄った。

「竜吉です……」

裏通り越しに見える路地から、竜吉が羽織を着て出て来た。

「本当だ。由松の兄貴にそっくりだ」

勇次は、竜吉の顔を見て驚いた。

「ああ。驚いたな。赤の他人でこうも似ているとは……」

和馬は、由松と見較べて感心した。

由松は苦笑した。

竜吉は、路地を出て裏通りから浅草広小路に向かった。

「よし。勇次、清吉、追ってくれ」

幸吉は命じた。

「承知……」

勇次と清吉は、荒物屋の納屋を出て竜吉を追った。

「よし。俺も行くぜ」

和馬は続いた。

「親分、あっしも……」

由松は続こうとした。

「由松、竜吉の家をちょいと覗いてみるぜ」

幸吉は笑った。

格子窓から西日が差し込み始めた。


竜吉は、山谷堀に架かっている今戸橋を渡って浅草広小路に向かった。

勇次と清吉は、前後を入れ替わりながら慎重に尾行た。

和馬は、巻羽織《まきばおり》を脱いで続いた。


小さな家には三和土《たたき》に続いて土間があり、板の間と畳の座敷があった。

幸吉と由松は、三和土から土間に進んだ。

土間の台所には、鍋釜包丁などの最低限の炊事道具しかなかった。そして、板の間には一升徳利や欠け茶碗があるぐらいだった。

幸吉と由松は、板の間に上がって座敷を覗いた。

座敷の隅に五個の木箱が積まれていた。

「由松……」

幸吉は眉をひそめた。

「何が入っているんですかね……」

「うん……」

「開けてみますか……」

「出来るか……」

「ええ……」

由松は、懐から鉄拳を出して右手の四本の指に嵌《は》めた。

鉄拳は、半円形の鉄輪に爪の付いた捕物道具の一つだ。

由松は鉄拳の爪で、木箱の蓋に打ち付けられた釘を丁寧に抜いた。

幸吉は見守った。

由松は、釘を抜いて木箱の蓋を取り、中を検《あらた》めた。

木箱の中には、白絹の反物《たんもの》が入っていた。

「白絹の反物、十反入っていますぜ……」

由松は眉をひそめた。

「そいつが五箱、〆て五十反か……」

「ええ。ひょっとしたら取込み詐欺かもしれませんね」

「ああ。取込んだ白絹を此処に隠して、熱《ほとぼり》が冷めるのを待つ気かな……」

幸吉は読んだ。

「きっと……」

由松は頷いた。


夕陽は不忍池に揺れた。

竜吉は、下谷広小路傍の仁王門前町の料理屋『笹乃井《ささのい》』の暖簾を潜った。

勇次と清吉は見届けた。

「おう。どうした……」

和馬がやって来た。

「和馬の旦那、竜吉の野郎、笹乃井に入りました」

勇次は報せた。

「笹乃井か……」

和馬は、料理屋『笹乃井』の揺れる暖簾を見詰めた。

「誰かと逢うんですかね」

「きっとな。よし……」

和馬は、手にしていた羽織を着た。


「今、お出でになったお客さまですか……」

料理屋『笹乃井』の女将は戸惑った。

「うむ。喜助って名のお店者だ……」

「ああ。あの喜助さんが何か……」

「うん。誰と逢っているのかな……」

「浅草は茶道具屋香山堂の大番頭の惣兵衛《そうべえ》さまにございますよ」

「浅草の茶道具屋香山堂の大番頭の惣兵衛……」

和馬は眉をひそめた。

口利き屋の喜助こと竜吉は、浅草東仲町にある茶道具屋『香山堂』の大番頭の惣兵衛と逢っている。

「神崎の旦那、勇次の兄貴、茶道具屋の香山堂なら、竜吉と繋ぎを取った商人宿の相模屋に泊まっている奴が様子を窺っていた店です」

清吉は報せた。

「ほう。竜吉と繋ぎを取った奴が窺っていた店だと……」

和馬は、小さな笑みを浮かべた。

料理屋『笹乃井』には、三味線の爪弾きが洩れた。

四

燭台の火は揺れた。

「待たせたな……」

久蔵は、覚書《おぼえがき》を持って用部屋に戻った。

「いいえ。此方こそ急に来て……」

幸吉は詫びた。

「気にするな。で、調べてみた処、二ヶ月前、川越の織物問屋が白絹五十反、取込み詐欺に遭っていたぜ」

久蔵は、覚書を幸吉に渡した。

「川越の織物問屋が……」

「ああ。覚書によると口利き屋の喜助って奴から話が持ち込まれ、室町の京屋って呉服屋に売る事になり、白絹五十反を納めた処、京屋の者たちは消え去り、取込み詐欺だったそうだ」

久蔵は、厳しい面持ちで告げた。

「室町の京屋ですか……」

幸吉は眉をひそめた。

「ああ。竜吉を大山詣りのお供に雇った隠居の藤兵衛の店だな」

「はい。竜吉の奴、どうやら京屋の名を騙ったようですね」

幸吉は読んだ。

「ああ。口利き屋の喜助が竜吉なのは間違いねえが、消えた呉服屋の京屋の者たちを何処の誰が演じたのかだ……」

「はい……」

「その辺りに北森下町の商人宿相模屋の連中が拘わっているのかもしれないな……」

久蔵は睨んだ。

竜吉と商人宿『相模屋』の亭主定五郎たちは、騙り屋の一味なのだ。

久蔵、和馬、幸吉たちは読んだ。

そして、次の騙りの獲物は、浅草東仲町の茶道具屋『香山堂』なのかもしれない。

和馬と幸吉は、浅草東仲町の茶道具屋『香山堂』を訪れ、大番頭の惣兵衛に逢った。

「あの、何か……」

大番頭の惣兵衛は、不意に訪れた和馬と幸吉を不安げに迎えた。

「うむ。惣兵衛、昨夜、仁王門前町の料理屋笹乃井で口利き屋の喜助と逢ったな」

和馬は、惣兵衛を見据えた。

「は、はい。それが何か……」

惣兵衛は、戸惑いを過ぎらせた。

「喜助とどんな話をしたのだ」

「それは商売の事ですが……」

惣兵衛は、緊張を滲ませた。

「大番頭さん、商売ってのは……」

幸吉は笑い掛けた。

「はい。茶杓《ちゃしゃく》や袱紗《ふくさ》、茶筅《ちゃせん》などの茶道具、纏《まと》まった数が欲しいと仰《おっしゃ》っている茶道具屋さんがいるので、もし余っている品物があれば、分けてやっては戴けないかと、喜助さんが……」

惣兵衛は告げた。

「その茶道具屋は……」

「下総は松戸の宝来堂《ほうらいどう》さんって茶道具屋です」

「松戸の宝来堂……」

「はい。二、三日内に宝来堂の旦那の吉右衛門《きちえもん》さまが江戸に来るので、お逢いする事になっています」

「で、香山堂さんはどうするおつもりで……」

「旦那さまとも相談したのですが、手前共としても在庫の整理が出来るので、良い話ではないかと……」

「じゃあ、喜助の口利きで、松戸の宝来堂と取引きするかもしれないのですね」

幸吉は読んだ。

「はい。左様にございます」

惣兵衛は頷いた。

「和馬の旦那……」

「ああ……」

和馬は、笑みを浮かべた。


浅草東仲町の茶道具屋『香山堂』は、口利き屋の喜助の仲介で松戸の茶道具屋『宝来堂』と茶道具などの取引きをする。

和馬と幸吉は、竜吉たちが茶道具屋『香山堂』を相手に騙りを企んでいると、久蔵に報せた。

「松戸の茶道具屋宝来堂ってのは、北森下町の商人宿相模屋の連中が演じるのか

「……」

久蔵は読んだ。

「おそらく……」

和馬と幸吉は頷いた。

「竜吉の野郎、一年前に香川恭一郎を殺して五十両を持ち逃げした上に、騙りを働いているとはな」

久蔵は呆れた。

「はい……」

「よし。和馬、深川の北森下町の商人宿相模屋の連中から眼を離すな」

久蔵は命じた。

「心得ました……」

和馬は頷いた。

「柳橋の。由松を竜吉と間違えた高岡美保に許嫁の香川恭一郎の仇を討たしてやろうじゃないか……」

久蔵は笑った。

「秋山さま……」

「その方が由松も間違われ甲斐があったってものだろう」

「ですが、竜吉がいなくなったら相模屋の連中が……」

幸吉は眉をひそめた。

「なあに、その時は、由松が口利き屋の喜助になりゃあいいさ」

久蔵は笑った。


隅田川の流れは深緑色だった。

浅草今戸町の路地奥にある竜吉の家は、勇次と清吉が荒物屋の納屋から見張り続けていた。

竜吉は、家を出る事はなかった。

「勇次の兄貴……」

格子窓を覗いていた清吉が呼んだ。

勇次は、格子窓に寄った。

格子窓の外には、路地の奥に入って行く由松が見えた。

「由松の兄貴か……」

「ええ。いよいよ御対面ですぜ」

「吃驚するだろうな、竜吉の野郎……」

勇次は笑った。

「そりゃあもう……」

「よし。俺たちも行くぜ」


由松は、竜吉の家の腰高障子を叩いた。

「誰だい……」

家の中から返事がした。

「柳橋の由松って者だが……」

「柳橋の由松……」

竜吉は、怪訝な面持ちで腰高障子を開けた。

そして、眼の前にいる己とそっくりな由松の顔を見て眼を丸くし、凍て付いた。

「竜吉……」

由松は、竜吉を厳しく見据えた。

「な、何だ、手前……」

竜吉は、嗄《しやが》れ声を引き攣《つ》らせた。

「竜吉、手前、一年前、東海道は藤沢の宿で浪人の香川恭一郎さんを殺し、呉服屋京屋の御隠居の五十両を奪って逃げ、今は相模屋定五郎たちと結託して騙り三昧とはな……」

由松は、竜吉を見据えて告げた。

竜吉は、顔を醜く歪《ゆが》めた。

俺の面もあんな風に醜く歪むのか……。

由松は、思わず眉をひそめた。

刹那、竜吉は由松を突き飛ばして路地に逃げた。

「待ちやがれ……」

由松は、慌てて追った。

竜吉は、路地から裏通りに出ようとした。

「竜吉……」

勇次と清吉が立ちはだかった。

竜吉は、慌てて傍らの家の横手に逃げた。

勇次と清吉、由松は追った。

竜吉は、家々の軒下や狭い庭を駆け抜けて隅田川沿いの道に出た。

勇次が追い縋《すが》り、竜吉を突き飛ばした。

竜吉は、前のめりに倒れ込んだ。

土埃が舞い上がった。

勇次、清吉、由松が竜吉を取り囲んだ。

竜吉は、素早く立ち上がって匕首《あいくち》を抜いて身構えた。

「やるか……」

勇次は十手、清吉は鼻捻《はなねじ》を構え、由松は鉄拳を右手に嵌《は》めた。

「成る程、良く似ているな……」

着流しの久蔵が笑みを浮かべ、美保と幸吉を従えて現れた。

竜吉は怯《ひる》んだ。

「竜吉……」

美保は、憎しみに満ちた眼で竜吉を睨み付けた。

「よし。高岡美保、南町奉行所吟味方与力の秋山久蔵が後見する。許嫁の香川恭一郎の仇を討つのだな」

久蔵は、美保に告げた。

「はい。香川恭一郎さまの仇……」

美保は頷き、懐剣を抜いた。

「南町の剃刀《かみそり》久蔵……」

竜吉は、恐怖に喉を鳴らした。

「由松、助太刀をしてやりな……」

久蔵は命じた。

「承知しました」

由松は、鉄拳を嵌めた右手を構えた。

「くそっ……」

竜吉は、美保に猛然と匕首を振るった。

美保は後退《あとずさ》りした。

由松が竜吉に飛び掛かり、鉄拳を嵌めた右手を振るった。

竜吉は、辛うじて躱した。だが、鉄拳の爪が竜吉の肩の肉を抉《えぐ》った。

血が飛んだ。

竜吉は、必死に体勢を立て直して匕首を構えようとした。

由松は、蹴りを放った。

竜吉は、大きくよろめいた。

刹那、美保が懐剣を構えて竜吉に体当たりした。

竜吉は呻《うめ》き、五体を棒のように伸ばした。

「香川恭一郎さまの仇……」

美保は、竜吉に突き刺した懐剣を押込んだ。

竜吉は、顔を醜く歪めて崩れるように倒れた。

美保は、その場に膝をついて激しく息を鳴らした。

幸吉は、倒れた竜吉の生死を検めた。

「秋山さま、未だ息があります」

幸吉は告げた。

「よし。医者に運んでやりな」

「はい。勇次、清吉……」

幸吉は、勇次や清吉と気を失っている竜吉を運び去った。

「高岡美保、見事に仇討ち本懐を遂げたな。後の始末は南町奉行所に任せて貰うぜ」

久蔵は笑った。

「はい……」

美保は頷いた。

「やったな。美保さん……」

由松は、声を弾ませた。

「はい。由松さん。秋山さま、ありがとうございました……」

美保は、嬉し涙を流して由松と久蔵に深々と頭を下げた。

隅田川は静かに流れ続けた。


竜吉は、辛うじて命を取り留め、途切れ途切れに苦しそうに自供した。

明日暮六つ（午後六時）。

口利き屋の喜助こと竜吉は、茶道具屋『香山堂』の大番頭の惣兵衛と下総松戸から来る茶道具屋『宝来堂』主の吉右衛門を料理屋『笹乃井』で引き合わせる。

下総松戸の茶道具屋『宝来堂』主の吉右衛門は、深川北森下町の商人宿『相模屋』の定五郎が演じる事になっていた。

久蔵は、定五郎が松戸の茶道具屋『宝来堂』吉右衛門と偽名を名乗った処で召し捕ると決めた。

しかし、口利き屋の喜助がいなければ、松戸の茶道具屋『宝来堂』と浅草東仲町の茶道具屋『香山堂』の取引きは成り立たない。

「勿論、口利き屋の喜助は、由松にやって貰うぜ」

久蔵は笑った。

「承知しました」

由松は引き受けた。

「よし。その座敷に踏み込んで相模屋定五郎たち騙り者を召し捕る」

「心得ました」

和馬と幸吉は頷いた。

弥勒寺の鐘は、申《さる》の刻七つ（午後四時）を鳴らし始めた。

深川北森下町の商人宿『相模屋』は、雲海坊と新八、そして和馬と配下の町奉行所の小者たちの監視下に置かれていた。

旅姿の男が、商人宿『相模屋』から現れた。

「いつも半纏を着ている奴か……」

和馬は眉をひそめた。

「野郎、久助《きゅうすけ》って名前でしたよ」

雲海坊は、旅姿の男を示した。

久助は、商人宿『相模屋』を後にして五間堀に架かっている弥勒寺橋に向かった。

「じゃあ。和馬の旦那、雲海坊さん、あっしは久助を追います」

「おう、気を付けてな」

和馬は頷いた。

「はい……」

新八は、久助を追った。

久助は、五間堀に架かっている弥勒寺橋を渡って本所竪川に向かった。

新八は追った。


久助は、竪川に架かっている二つ目之橋を渡り、御竹蔵の裏を進んだ。そして、隅田川に架かっている吾妻橋を渡った。

口利き屋の喜助こと竜吉の家に行く……。

新八は読み、久助を追った。

浅草今戸町の喜助の家に変わった様子はなかった。

久助は辺りを窺い、喜助の家の腰高障子を叩いた。

腰高障子が開き、喜助が顔を出して頷いた。

久助は、素早く家の中に入った。

新八は見届け、路地の前の荒物屋の納屋に向かった。


荒物屋の納屋の格子窓の傍には、幸吉と清吉がいた。

「親分……」

新八が入って来た。

「おう。御苦労だな……」

幸吉は、追って来た新八を労《ねぎら》った。

「由松の兄貴、大丈夫でしょうね」

「ああ、見破られはしないさ」

幸吉は笑った。

商人宿『相模屋』から定五郎が出て来た。

定五郎は、旅姿のお店の旦那の格好をしており、やはり旅姿の若い男を従えていた。

定五郎と若い男は、弥勒寺橋を渡って本所竪川に向かった。

仁王門前町の料理屋『笹乃井』に行く……。

和馬と雲海坊は睨んだ。

「よし。雲海坊、定五郎を追うぜ」

「承知……」

和馬と雲海坊は、定五郎と若い男を追った。

陽は西に大きく傾いた。

由松と久助は、今戸町の路地奥の家を出て下谷に向かった。

「行き先は仁王門前町の料理屋笹乃井だ」

幸吉は、荒物屋の納屋を出て、新八と清吉を従えて追った。

不忍池は夕陽に染まった。

由松と久助は、仁王門前町の料理屋『笹乃井』の暖簾を潜った。

料理屋『笹乃井』の女将は、由松と久助を座敷に案内した。

そして、女将は続いて訪れた幸吉を隣の座敷に誘った。


「おう。いよいよ芝居の幕が開くか……」

久蔵が、入って来た幸吉を迎えた。

「はい……」

久蔵は、既に料理屋『笹乃井』の女将に話をつけていた。

「で、由松はどうだ……」

「今の処、由松、久助に不審を持たれた様子はありません」

幸吉は告げた。

「そうか。由松、楽しんで竜吉を演じているのかもしれねえな」

久蔵は笑った。

「秋山さま、親分……」

清吉の声がした。

「入りな……」

久蔵は告げた。

清吉が入って来た。

「定五郎が手代らしき若い野郎と来ました」

清吉は告げた。

「さあ。こちらでございます。松戸の宝来堂さんがお見えになりましたよ」

女将の声がした。

定五郎たちが、座敷に入って行く気配がした。

「ごゆっくり……」

女将は立ち去った。

幸吉は、縁側を降りて庭に出て、隣の座敷を窺った。

隣の座敷には、定五郎、久助、由松、若い男がいた。

幸吉は、素早く見定めて戻った。

「秋山さま……」

和馬と雲海坊が入って来た。

「おう。松戸の宝来堂、定五郎が来たぜ」

「はい。香山堂の惣兵衛は……」

和馬は尋ねた。

「未だだ……」

寛永寺の鐘が暮六つを報せた。

「秋山さま、親分……」

新八の声がした。

「入れ、新八……」

幸吉が促した。

「勇次の兄貴が香山堂の大番頭の惣兵衛さんと一緒に来ました」

新八は、入って来て告げた。

「これで役者が揃ったか……」

久蔵は、楽しそうに笑った。

茶道具屋『香山堂』の大番頭惣兵衛は、手代に扮した勇次を従えて座った。

「大番頭さん、お忙しい処をお出で下さいましてありがとうございます。此方が松戸の宝来堂の吉右衛門さまにございます」

由松は、惣兵衛と定五郎を引き合わせた。

「香山堂の大番頭惣兵衛にございます」

惣兵衛は白髪頭を下げた。

「手前は、松戸の茶道具屋宝来堂吉右衛門にございます」

定五郎は、狡猾《こうかつ》な笑みを浮かべて名乗った。

「大番頭さん、そいつはみんな嘘の皮。此奴は相模屋定五郎って騙り者ですぜ」

由松は、惣兵衛に告げた。

「竜吉……」

定五郎、久助、若い男は驚き、血相《かば》を変えて立ち上がった。

勇次は、素早く惣兵衛を後ろ手に庇った。

襖が開き、和馬、雲海坊、新八、清吉が入って来た。

定五郎、久助、若い男は、激しく狼狽《うろた》えた。

「相模屋定五郎、二ヶ月前に川越の織物問屋から白絹の反物の取込み詐欺をしたのは分っているぜ。神妙にお縄を受けるんだな」

和馬は冷笑した。

定五郎、久助、若い男は、座敷から庭に逃げた。

庭には久蔵と幸吉がいた。

「畜生……」

定五郎、久助、若い男は、追い詰められて久蔵と幸吉に襲い掛かった。

久蔵は、定五郎、久助、若い男を張り倒し、投げ飛ばした。

幸吉、雲海坊、由松、勇次、新八、清吉は、倒れた定五郎、久助、若い男に殺到し、激しく殴り蹴飛ばして捕り縄を打った。

「り、竜吉、裏切りやがったな……」

定五郎は、由松を睨み付けた。

由松は、定五郎を殴り付けた。

「未だ分らねえか、俺は喜助でも竜吉でもねえ。由松って者だ」

由松は冷たく云い放った。

「由松……」

定五郎は呆然とした。

「竜吉じゃあねえのか……」

久助は驚き、由松を睨み付けた。

「ああ。俺はしゃぼん玉売りの由松だ」

由松は苦笑した。

久蔵は笑った。


久蔵は、傷の癒えた竜吉と定五郎や久助を死罪に処した。

由松は、湯島天神の参道でしゃぼん玉を売っていた。

俺と良く似た面の竜吉は消えた……。

由松は、しゃぼん玉を吹いた。

しゃぼん玉は風に乗り、七色に輝いて飛んだ。

第二話

隠れ蓑

一

東叡山寛永寺の鐘の音は、夜空に滲むかのように鳴り響いた。

鐘の音は亥《い》の刻四つ（午後十時）を報せるものであり、町木戸の閉まる刻限だった。

神田明神門前町の飲み屋は次々に明かりを消し、盛り場の賑わいは夜の闇に覆われ始めていた。

神田川の流れに月影は揺れた。

二人の若い武士は、明神下の通りを酔った足取りでやって来た。そして、神田川に架かっている昌平橋に差し掛かった。

三人の浪人が暗がりから現れ、二人の武士の前に立ち塞がった。

「何だ、お前たちは……」

若い武士の一人は、居丈高に怒鳴った。

「黙れ、篠崎孝次郎。松本準之助《まつもとじゆんのすけ》共々、死んで貰う」

背の高い浪人が嘲笑を浮かべ、抜き打ちの一刀を鋭く放った。

居丈高に怒鳴った篠崎孝次郎は、咄嗟に躱そうとした。だが、酔いに僅かに足を取られて躱し損ね、左肩を斬られて血を飛ばした。

残る二人の浪人が、刀を抜いて篠崎と松本準之助に殺到した。

刀が月明かりに煌めき、刃が肉を断ち斬り、突き刺す音が鳴り、血が飛んだ。

夜空に呼び子笛が甲高く鳴り響いた。

「退け……」

背の高い浪人は命じた。

残る二人の浪人は、一斉に退いて夜の闇に散った。

昌平橋の袂に静けさが戻り、篠崎孝次郎と松本準之助の血塗《ちまみ》れの死体が残された。

南町奉行所は表門を八文字に開き、様々な訴えを持った者たちが出入りしていた。

吟味方与力の秋山久蔵の用部屋には、定町廻り同心の神崎和馬と岡っ引の柳橋の幸吉が訪れていた。

「殺されたのは、淡路坂に屋敷のある五百石取りの旗本の部屋住み篠崎孝次郎と、お玉ヶ池の裏手に住む百五十石取りの御家人の松本準之助か……」

久蔵は、報告書を読んだ。

「はい。篠崎孝次郎と松本準之助は連《つる》んで神田明神や湯島天神の盛り場などを遊び歩いており、その帰りだったようです」

和馬は告げた。

「それにしても、嬲《なぶ》り殺しとは、かなり恨まれていたのかな……」

「はい。強請《ゆすり》に集《たか》りに踏み倒し、評判は決して良くはありません」

和馬は眉をひそめた。

「勇次たちの聞き込みでも、恨んでいる者は多いそうです」

幸吉は告げた。

「絵に描いたようなろくでなしだな……」

久蔵は苦笑した。

「はい。で、夜廻りの木戸番が逃げて行く奴らを見掛けておりました」

「逃げたのはどんな奴らなのだ」

「浪人風体の者が三人だそうです」

「三人の浪人か……」

久蔵は眉をひそめた。

「はい……」

幸吉は頷いた。

「となると、殺されたのが旗本の部屋住みと御家人のろくでなしでも、殺《や》ったのが浪人なら町奉行所としても放っては置けませんね」

和馬は苦笑した。

「ああ。ま、何《いず》れにしろ、遺恨での殺しに間違いはあるまい……」

「はい。ならば、殺された篠崎孝次郎と松本準之助の身辺を詳しく洗ってみます」

和馬は告げた。

「うむ。そうしてくれ……」

久蔵は頷いた。

神田八ツ小路から神田川沿いの淡路坂を上がると、大名旗本の屋敷が並んでいる駿河台《するがだい》だ。

和馬と幸吉は、淡路坂の途中にある五百石取りの旗本篠崎屋敷の前に佇んだ。

篠崎屋敷は次男の孝次郎を斬殺され、門を閉じて喪に服していた。

孝次郎斬殺の件は病死と覆い隠す事も出来ず、篠崎家は身を縮めて公儀からのお咎《とが》めを待っているのだ。

「今迄、孝次郎に好き勝手をさせて置き、今更、公儀を恐れて身を慎んだ処で手遅れってものだ」

和馬は、腹立たしげに篠崎屋敷を眺めた。

「ええ……」

幸吉は苦笑した。

「和馬の旦那、親分……」

勇次が駆け寄って来た。

「おう。どうだ……」

幸吉は迎えた。

「はい。界隈の旗本屋敷の中間《ちゅうげん》や下男、出入りをしている行商人などに聞き込んだのですが、篠崎孝次郎、子供の頃から悪餓鬼で篠崎屋敷の奉公人は言うに及ばず、他の屋敷の奉公人にも嫌がらせをしたり、脅したりしていたようですぜ」

勇次は眉をひそめた。

「じゃあ、殺された孝次郎を哀れむ者は少ないか……」

和馬は読んだ。

「あっしが聞き込んだ限り、少ない処か一人もいませんでしたよ」

勇次は苦笑した。

「そうか……」

「恨んでいる者、多そうですね」

幸吉は読んだ。

「ああ。そいつらが集まって殺したのか。それとも、その一人が浪人たちを雇って殺させたのか……」

和馬は眉をひそめた。

神田松枝町の玉池稲荷に参拝者はなく、赤い幟旗《のぼりばた》が揺れていた。

境内の奥にあるお玉ヶ池の裏手には、小旗本や御家人の屋敷があり、篠崎孝次郎と一緒に殺された松本準之助の屋敷もあった。

松本準之助は、百五十石取りの御家人で老下男と二人暮らしだった。

新八と清吉は、松本準之助の身辺を洗った。

松本準之助は、二年前に妻を病で亡くした後、篠崎孝次郎と連んで遊び歩くようになっていた。尤《もっと》も連むと云っても、取り巻きのような者だった。

「取り巻きか……」

「ああ。で、篠崎孝次郎の巻添えになって一緒に殺されちまった」

新八は読んだ。

「そんな処だろうな」

清吉は頷いた。

「処で、松本準之助には子や兄弟はいないようだが、松本家はどうなるのかな」

新八は眉をひそめた。

「そりゃあ、跡継ぎがいなければ、松本家は取潰しだろうな」

清吉は、主の殺された松本屋敷を眺めた。

羽織を着た小柄な老人が、新八と清吉を一瞥して松本屋敷に入って行った。

清吉と新八は見送った。


神田明神門前町の盛り場は、夜の商売の仕度に忙しかった。

雲海坊は、神田明神境内の茶店で茶を啜《すす》っていた。

「父っつあん、茶を頼む……」

やって来た由松が、茶店の老亭主に茶を頼んで雲海坊の隣に腰掛けた。

「どうだった……」

「酷いもんですよ。只食い、只飲み、踏み倒し、苦情を云えば殴る蹴る。挙句の果てに旗本に因縁を付けたと強請に集り……」

由松は、腹立たしげに告げた。

「おまちどお……」

老亭主が、由松に茶を持って来た。

「おう。待ち兼ねた……」

由松は、茶を飲んだ。

「で、兄貴の方は……」

由松は、一息吐《つ》いて雲海坊に尋ねた。

「同じようなもんだぜ」

雲海坊は苦笑した。

「そうですか……」

「ああ。恨んでいる奴は数知れずだ。尤も浪人でも人殺しを雇うとなると、それなりに纏まった金がいる。そんな金のありそうな奴となると……」

雲海坊は読んだ。

「余りいない……」

由松は頷いた。

「ああ……」

雲海坊は茶を飲んだ。

神田明神の境内は夕陽に照らされた。

篠崎孝次郎を恨んでいる者は多かった。

だが、殺したい程、恨んでいる者となると多くはない。

和馬と幸吉は、篠崎孝次郎を殺したい程に恨んでいる者の絞り込みを急いだ。

「何、篠崎孝次郎に手込めにされて大川に身投げをした大店の娘がいた……」

和馬は眉をひそめた。

「はい。日本橋元浜町の瀬戸物屋のおちよって娘ですがね。一年程前ですか……」

勇次は報せた。

「勇次、その瀬戸物屋、屋号は何て云うんだ」

幸吉は尋ねた。

「亀屋《かめや》で、主は吉次郎《きちじろう》さんです」

「その亀屋のおちよって娘が一年前、篠崎孝次郎に手込めにされて大川に身投げをしたのだな……」

「はい……」

「で、父親で主の吉次郎はどうした……」

「月番だった北町奉行所に訴え出たそうですが、何分にも相手は旗本、有耶無耶《うやむや》になっちまったそうです」

勇次は、微かな怒りを過ぎらせた。

「そうか……」

「和馬の旦那……」

「うん。元浜町の瀬戸物屋となると、人を雇う金ぐらいはあるか……」

和馬は読んだ。

「ええ……」

幸吉は頷いた。

「よし。柳橋の。亀屋のおちよの一件、詳しく調べてみるか……」

和馬は決めた。

浜町堀には荷船が行き交っていた。

和馬は、幸吉や勇次と浜町堀に架かっている千鳥橋の東詰に佇み、向い側の元浜町にある瀬戸物屋『亀屋』を窺った。

瀬戸物屋『亀屋』には客が出入りし、番頭や手代たちが忙しく相手をしていた。

「結構、繁盛しているようですね」

幸吉は読んだ。

「うん。人殺しを雇うぐらいの金は儲かっているかな」

和馬は苦笑した。

「ええ……」

「和馬の旦那、親分……」

勇次が千鳥橋の北、浜町堀の上流に架かっている汐見橋を示した。

恰幅の良い初老の旦那が、手代を従えて汐見橋を渡って来た。

「あの旦那が亀屋の吉次郎旦那です」

勇次は告げた。

和馬と幸吉は、浜町堀の対岸を来る瀬戸物屋『亀屋』吉次郎を眺めた。

白髪の混じった髷、優しげな眼、微かな笑みを浮かべた口元……。

「穏やかそうな旦那だな……」

和馬は睨んだ。

「ええ……」

幸吉は、厳しい面持ちで頷いた。

穏やかさの陰には、人殺しを雇う程の恨みが秘められているのかもしれない。

吉次郎は、手代を従えて瀬戸物屋『亀屋』に入って行った。

「よし、柳橋の。亀屋の吉次郎、ちょいと調べてみてくれ」

和馬は告げた。

「承知しました」

幸吉は、瀬戸物屋『亀屋』吉次郎の人柄と身辺を調べる事にした。

雲海坊と由松は、篠崎孝次郎を恨んでいて人殺しを雇う金のある者を洗った。

由松の聞き込みに、下谷の博奕打《ばくち》ち『弁天《べんてん》一家』の貸元長兵衛が浮かんだ。

篠崎孝次郎は、取り巻きの浪人たちと弁天一家の賭場《とば》を荒し、金を奪っていた。

弁天一家の貸元長兵衛は怒り、篠崎孝次郎の首に十両の賞金を懸けた。

篠崎孝次郎は、賞金の十両欲しさに殺されたのかもしれない。

「じゃあ何か、篠崎孝次郎を殺した奴ら、弁天一家の長兵衛に賞金の十両を貰いに行ったかもしれないか……」

雲海坊は読んだ。

「ええ。弁天一家の博奕打ちをちょいと締め上げてみますか……」

由松は笑った。

「面白そうだな……」

雲海坊は頷いた。

「じゃあ……」

由松と雲海坊は、下谷広小路傍の上野北大門町にある弁天一家に向かった。

新八と清吉は、篠崎孝次郎と一緒に殺された松本準之助の人柄と身辺を洗い続けた。

松本準之助は、篠崎孝次郎の取り巻きの一人として動いており、自ら強請集りを働いている事はなかった。そして、周囲の屋敷の奉公人に訊いても、その人柄を知る者は余りいなかった。

新八と清吉は、松本屋敷を訪れた羽織を着た小柄な老人が誰か調べた。

羽織を着た小柄な老人は、二年前に病で死んだ妻の父親で神田鍋町の薬種屋『恵比須堂』の隠居の喜平《きへい》だった。

隠居の喜平は、死んだ娘の夫の松本準之助が殺されたと知り、松本屋敷に弔問に来たようだった。

何れにしろ、篠崎孝次郎と松本準之助殺しには拘りない。

新八と清吉は、松本準之助で分った事を親分の幸吉に報せる事にした。

雲海坊と由松は、上野北大門町の裏通りにある弁天一家を窺った。

弁天一家の店土間では、三下たちが賽子《さいころ》遊びをしていた。

博奕打ちの万造《まんぞう》が出て来た。

「おう……」

由松は、笑みを浮かべた。

「知っている野郎か……」

「ええ。博奕打ちの万造、昔、如何様《いかさま》で簀巻《すま》きにされそうになった時、助けてやった事がありましてね。後から来て下さい」

由松は、下谷広小路に向かう博奕打ちの万造を追った。

雲海坊は続いた。


下谷広小路は賑わっていた。

万造は、下谷広小路の雑踏に向かおうとした。

その時、万造は背後から肩を組まれた。

「えっ……」

万造は、驚いて振り返った。

「やあ……」

由松が笑っていた。

「こりゃあ、由松の兄い……」

万造は、戸惑いを浮かべた。

「万造、変わりはないか……」

「えっ、ええ。お陰さまで……」

「そいつは何よりだ。ちょいと訊きたい事がある。面かしてくれ」

由松は笑顔で告げた。

「えっ……」

万造は、警戒を滲ませた。

雲海坊が、経を読みながら背後に現れた。

「分りましたぜ……」

万造は、覚悟を決めたように頷いた。

不忍池の中ノ島弁財天は、参拝客で賑わっていた。

由松は、万造を不忍池の畔に伴った。

雲海坊が続いて来た。

「由松の兄い……」

万造は、不安を滲ませた。

「万造、弁天一家の賭場を荒した旗本の倅の篠崎孝次郎が殺されたのは知っているな」

「はい……」

「で、貸元の長兵衛は、篠崎孝次郎の首に十両の賞金を懸けていたそうだな」

由松は、万造を見据えた。

「え、ええ……」

万造は頷いた。

「で、十両の賞金を受取りに来た野郎はいるのか……」

由松は訊いた。

「いいえ、未だいません……」

「いない……」

由松は眉をひそめた。

「はい。未だ貸元の処には、誰も来ちゃあいません」

「そうか。雲海坊の兄貴……」

「うん。来るのは、騒ぎが治まり、熱が冷めてからかもしれないな……」

雲海坊は睨んだ。

「ええ。よし、万造。もし、篠崎孝次郎を斬ったと云って、賞金の十両を受取りに来た野郎がいたら報せるんだぜ……」

由松は、万造に笑い掛けた。

有無を云わせぬ笑顔だった。

「分かりました」

万造は頷いた。


元浜町の瀬戸物屋『亀屋』の主の吉次郎は、商売上手の遣り手と噂されていた。

娘のおちよが、篠崎孝次郎に手込めにされて大川に身投げをした時、吉次郎は怒り、月番だった北町奉行所に訴え出た。だが、有耶無耶にされてしまった。

以来、吉次郎は怒りを忘れてしまったかのように大人しくなった。

「相手は旗本、諦めたんですかね……」

勇次は、吉次郎に同情した。

「かもしれないが……」

幸吉は眉をひそめた。

「違いますか……」

「勇次、人ってのは、怒りを表に露わにする奴と内に秘める奴の二通りある……」

「じゃあ……」

「もし、吉次郎が怒りを内に秘め、顔に出さずにいられたらどうなる」

「怒りを忘れたかのように振る舞い、秘かに殺す手配りをしましたか……」

勇次は読んだ。

「勇次、吉次郎から眼を離すんじゃない」

幸吉は命じた。

二

夜の大川には船遊びをする船の明かりが映え、三味線の爪弾きが流れていた。

柳橋の船宿『笹舟』は、女将のお糸と仲居たちが忙しく客の相手をしていた。

雲海坊は、博奕打ちの貸元長兵衛が賭場を荒した篠崎孝次郎の首に十両の賞金を懸けていた事を幸吉に報せた。

「篠崎孝次郎の首に十両の賞金か……」

幸吉は眉をひそめた。

「ああ。で、長兵衛の処に、篠崎孝次郎を斬ったって奴は、未だ誰も来ちゃあいないそうだぜ」

雲海坊は告げた。

「それで、由松が弁天一家の貸元長兵衛を見張っているのか……」

「うん。で、幸吉っつあんの方はどうだ」

「そいつが……」

幸吉は、元浜町の瀬戸物屋『亀屋』の娘の一件を雲海坊に教えた。

「で、父親の吉次郎が娘のおちよを手込めにした篠崎孝次郎を始末屋に殺させたか……」

雲海坊は読んだ。

「ああ。かもしれないので、勇次に見張らせている」

「そうか……」

「博奕打ちの貸元の長兵衛と亀屋の主の吉次郎か……」

「そのどっちかの仕業かな……」

雲海坊は睨んだ。

「うん……」

幸吉は頷いた。

篠崎孝次郎と松本準之助を殺した一件の首謀者と思われる者は、長兵衛と吉次郎の二人に絞られて来た。

「親分……」

新八の声がした。

「おう。入りな……」

「はい……」

新八と清吉が、幸吉の居間に入って来た。

「どうだ、松本準之助の方は……」

幸吉は訊いた。

「はい。云われたように人柄や身辺を調べたのですが、松本準之助は篠崎孝次郎の取り巻きって以外には、これと云って……」

清吉は告げた。

「そうか。で、周りの者はどんな風なんだ」

「屋敷の近所の者との付き合いは余りなかったようでして、弔いに来る者もいなく、来たのは二年前に病で亡くなった御新造さまの父親だけでした」

「二年前に病で亡くなった御新造の父親……」

「はい。神田鍋町の薬種屋恵比須堂の隠居の喜平さんです」

新八は告げた。

「そうか、弔いに来たのは、死んだ御新造の父親だけか……」

「はい……」

新八と清吉は頷いた。

「よし、御苦労だった」

幸吉は、新八と清吉を労った。そして、勇次の許に清吉、由松の処に新八を行かせた。

由松と新八は、上野北大門町の博奕打ちの貸元長兵衛。勇次と清吉は、元浜町の瀬戸物屋の主の吉次郎。

それぞれが見張りに就いた。

浜町堀の流れは大川の三ツ俣に続き、荷船が長閑《のどか》に櫓《ろ》の軋《きし》みを響かせていた。

勇次と清吉は、浜町堀に架かっている千鳥橋の東詰、橘町《たちばなちょう》一丁目にある一膳飯屋の二階の部屋を借り、対岸にある瀬戸物屋『亀屋』を見張った。

瀬戸物屋『亀屋』は、料理屋、蕎麦《そば》屋、一膳飯屋、武家屋敷などの大口の顧客を多く抱えており、安定した商売をしていた。

「成る程、旦那の吉次郎さん、中々の遣り手ですね」

清吉は感心した。

「ああ、恰幅が良く、いつも穏やかに笑っているが、腹の内でいつも算盤《そろばん》を弾いている抜け目のない奴かもしれない」

勇次は苦笑した。

「じゃあ、娘のおちよさんを身投げさせた篠崎孝次郎に対する怒りを隠し、裏で恨みを晴らそうとしていたかもしれませんか……」

清吉は読んだ。

「ああ。だけど、篠崎孝次郎と松本準之助を斬ったのが浪人たちなのははっきりしている。もし、吉次郎旦那が浪人たちに殺らせたのなら必ず繋ぎを取る筈だ」

勇次と清吉は、一膳飯屋の二階の部屋の窓から浜町堀越しに瀬戸物屋『亀屋』を見張った。

四半刻（約三十分）が過ぎた。

千鳥橋の下の船着場に屋根船が着き、船頭が瀬戸物屋『亀屋』に入って行った。

「勇次の兄貴……」

清吉は緊張した。

「ああ。吉次郎旦那、船で出掛けるのかもしれないな」

勇次は読んだ。

「ええ、どうします……」

清吉は、困惑を浮かべた。

「心配するな……」

勇次は笑った。

瀬戸物屋『亀屋』の主の吉次郎は、番頭たち奉公人に見送られて屋根船に乗った。

屋根船は、吉次郎を乗せて大川三ツ俣に向かった。

勇次は、清吉を乗せた猪牙舟《ちょきぶね》を浜町堀に漕《こ》ぎ出した。

「何処に行くんですかね……」

清吉は猪牙舟の舳先《へさき》に座り、先を行く屋根船を見詰めていた。

「さあな……」

「大川を遡って両国、浅草。それとも大川を横切って本所、深川か……」

清吉は読んだ。

「ま、何処でも尾行て行くさ……」

勇次は元々、船宿『笹舟』の船頭であり、船を操る腕には自信があった。

旦那の吉次郎を乗せた屋根船は、浜町堀から大川三ツ俣に出た。

勇次は、巧みに猪牙舟を操り、吉次郎を乗せた屋根船を追った。


大川には様々な船が行き交っていた。

吉次郎を乗せた屋根船は、三ツ俣から大川を北に遡った。

両国橋から神田川を過ぎ、新堀川から浅草御蔵……。

勇次は、猪牙舟の位置を変えて屋根船を巧みに追った。

吉次郎を乗せた屋根船は、浅草御蔵の傍を通り抜けて御厩《おんまや》河岸に進んだ。

「御厩河岸か……」

勇次は、吉次郎を乗せた屋根船の行き先を読んだ。

「どうやら、そうですね……」

清吉は、猪牙舟の舳先から屋根船を見詰め続けた。

吉次郎を乗せた屋根船は、御厩河岸の船着場に船縁《ふなべり》を着けた。

勇次は、御厩河岸の見通せる浅草御蔵の端に猪牙舟を寄せた。

「妙ですぜ」

清吉が怪訝な声をあげた。

「どうした……」

「吉次郎旦那、屋根船から下りません」

「何……」

勇次は、屋根船を見詰めた。

屋根船は御厩河岸の船着場に船縁を寄せ、障子の内の吉次郎は下りなかった。

風呂敷包みを持った縞の半纏を着た男が現れ、屋根船の船頭に声を掛けた。

船頭は頷き、屋根船の障子の内に声を掛けた。

屋根船の障子が開いた。

縞の半纏を着た男は、風呂敷包みを抱えて屋根船の障子の内に入った。

吉次郎は、屋根船を何処かに行く為でなく、縞の半纏を着た男と逢う為に使っているのだ。

勇次と清吉は見守った。

僅かな刻が過ぎた。

縞の半纏を着た男が、手ぶらで屋根船の障子の内から出て来た。

勇次と清吉は見守った。

縞の半纏を着た男は、屋根船の障子の内に頭を下げて御厩河岸から立ち去った。

「清吉、何処の誰か突き止めろ」

勇次は命じた。

「合点です」

清吉は、猪牙舟から岸辺に跳び下り、縞の半纏を着た男を追った。

縞の半纏を着た男は、持って来た風呂敷包みを置いて行った。

風呂敷包みの中身は何か……。

勇次は、想いを巡らせた。

屋根船は障子を閉め、舳先を両国橋に廻した。

元浜町に戻るのか……。

勇次は読み、猪牙舟の舳先を廻して屋根船を追った。


蔵前の通りは、神田川に架かっている浅草御門と浅草広小路を結んでいる。

縞の半纏を来た男は、御厩河岸から蔵前の通りに出た。そして、浅草広小路に向かった。

清吉は追った。


下谷広小路は賑わっていた。

上野北大門町の裏通りには、物売の声が長閑に響いていた。

由松と新八は、博奕打ちの弁天一家の斜向いにある甘味処にいた。

甘味処の奥の部屋の窓からは、弁天一家の店先が見えた。

由松と新八は、弁天一家に出入りする浪人を見張った。

弁天一家に出入りする浪人はいなかった。

「浪人、来ませんね」

新八は、窓から見張り続けた。

「ああ。ひょっとしたら此処じゃあなく、弁天一家の賭場に来るかも知れないな」

由松は読んだ。

「ええ……」

「ま、どっちにしろ、十両の賞金を懸けたのは貸元の長兵衛だ。賞金目当てに篠崎孝次郎を殺したのなら、必ず長兵衛の処に現れるだろう」

「はい……」

新八は頷いた。

浅草花川戸町は吾妻橋の西詰、隅田川沿いにある。

縞の半纏を着た男は、蔵前の通りを来て浅草広小路を横切り、花川戸町に入った。

清吉は尾行た。

縞の半纏を着た男は、花川戸町を進んで裏通りにある古道具屋に入った。

清吉は、物陰から見届けた。

古道具屋には、『青蛾堂《せいがどう》』と書かれた看板が掲げられていた。

古道具屋の青蛾堂……。

清吉は、花川戸町の木戸番の許に走った。


浜町堀の流れに夕陽が映えた。

瀬戸物屋『亀屋』の主吉次郎を乗せた屋根船は、浜町堀に架かる千鳥橋の下の船着場に船縁を寄せた。

吉次郎は、風呂敷包みを持って屋根船を下り、瀬戸物屋『亀屋』に向かった。

勇次は、千鳥橋の船着場の傍を猪牙舟で通り過ぎながら見届けた。

吉次郎は、風呂敷包みを持って店に入って行った。

風呂敷包みは縞の半纏を着た男が持って来た物だ。

吉次郎は、風呂敷包みを受取りに行ったのか……。

だとしたら、風呂敷包みには何が入っているのか……。

勇次は、想いを巡らせた。


夕暮れ時が訪れた。

東叡山寛永寺の鐘が暮六つを告げた。

由松と新八は、甘味処の奥から弁天一家を見張り続けた。

博奕打ちや三下たちは、既に賭場に出掛けていた。

「由松さん……」

新八は、窓の外に見える弁天一家を示した。

禿頭《はげあたま》の初老の男が、博奕打ちの万造と提灯《ちょうちん》を持った三下を従えて弁天一家から出て来た。

「禿頭の野郎が貸元の長兵衛だ」

由松は告げた。

「じゃあ、行き先は賭場ですか……」

「きっとな。追うぜ」

由松は、甘味処の奥から外に向かった。

新八が続いた。


瀬戸物屋『亀屋』は大戸を閉めた。

勇次は、一膳飯屋の二階の部屋から瀬戸物屋『亀屋』を見張り続けた。

「勇次の兄貴……」

清吉が戻ってきた。

「おう。縞の半纏、何処の誰か分ったか……」

「はい。縞の半纏の野郎は、浅草は花川戸町の古道具屋に入りました」

「古道具屋……」

「はい。青蛾堂って店でしてね。縞の半纏を着た野郎は、蓑吉《みのきち》って青蛾堂の旦那の使いっ走りをしている遊び人でした」

清吉は、花川戸町の木戸番に聞いた事を報せた。

「遊び人の蓑吉か……」

「ええ……」

「で。青蛾堂ってのは、どんな古道具屋だ」

「旦那の名前は宇三郎《うさぶろう》、南蛮渡りの玻璃《はり》の皿や壺なんかも扱っている古道具屋だそうです」

清吉は告げた。

「南蛮渡りの玻璃の皿や壺か……」

勇次は眉をひそめた。

瀬戸物屋『亀屋』の主の吉次郎が蓑吉から受け取った風呂敷包みの中身は、古道具屋の『青蛾堂』が扱っている南蛮渡りの玻璃の皿や壺かもしれない。

勇次は読んだ。

夜の浜町堀に櫓の軋みが響いた。


谷中《やなか》の寺町の外れには田畑が広がり、虫の音が溢れんばかりに響いていた。

寺町に連なる松桂寺は、裏の家作を博奕打ちの貸元長兵衛に貸していた。長兵衛は、家作を賭場にしていた。

松桂寺の裏門では、三下たちが訪れる賭場の客を迎えていた。

由松は、三下に云って博奕打ちの万造を呼び出した。

「由松の兄い……」

万造は、由松に会釈をして新八を一瞥した。

「おう。万造、賞金を取りに来た浪人、どうだい……」

由松は囁いた。

「そいつが未だ……」

万造は、固い面持ちで首を横に振った。

「そうか。じゃあ、ちょいと遊ばせて貰うぜ」

由松は笑い掛けた。

「ええ。どうぞ……」

万造は、由松と新八を賭場に案内した。


賭場は、盆茣蓙《ぼんござ》を囲む客たちの熱気と煙草《たばこ》の煙に満ちていた。

由松と新八は、隣の部屋で茶碗酒を啜りながら客を見廻した。

お店の旦那、職人の親方、遊び人、着流しの御家人、痩せた浪人などがいた。

「あの浪人なんかどうですかね……」

新八は、痩せた浪人を見詰めた。

「さあて、賞金目当てに篠崎孝次郎を斬る度胸があるかな……」

由松は、茶碗酒を啜った。

「度胸ですか……」

痩せた浪人は、見るからに優男で人を殺す度胸があるとは思えなかった。

「なさそうですねえ……」

新八は苦笑した。

「ああ。新八、もしも貸元の長兵衛に十両の金を貰いに来た浪人がいても、お縄にしようなんて下手な真似はするんじゃあないぞ……」

由松は、厳しい面持ちで告げた。

「は、はい……」

新八は戸惑った。

「相手は人殺しだ。先ずは名前と素性と塒を突き止めるんだぜ」

由松は、茶碗酒を啜った。

賭場には熱気が満ち、様々な客が出入りした。

由松と新八は、出入りする客を見守った。

夜は更けた。


船宿『笹舟』の船着場では、船頭たちが淦《あか》取りなど船の手入れをしていた。

「貸元の長兵衛の処に賞金の十両を取りに来た浪人、未だいないか……」

幸吉は眉をひそめた。

「ええ。賞金目当ての人殺し、直ぐに取りに現れると思ったんですがね……」

由松は苦笑した。

「うむ……」

「ま、もう暫く見張ってみますがね」

由松は告げた。

「そうしてくれ。で、勇次、お前の方はどうなった」

「はい。今の処、吉次郎旦那に逢いに亀屋に来る浪人もいなければ、旦那が逢いに行く浪人もいません」

勇次は、微かな困惑を過ぎらせた。

「そうか。吉次郎旦那の身辺に浪人は浮かばないか……」

「はい。それから親分、吉次郎旦那、花川戸の古道具屋と何か秘密めいた取引きをしていますぜ」

勇次は告げた。

「古道具屋と秘密めいた取引き……」

「ええ。花川戸の古道具屋、青蛾堂って云いましてね。南蛮渡りの玻璃の皿や壺も扱っているそうなんです」

「南蛮渡りの玻璃の皿や壺か……」

「はい……」

勇次は頷いた。

「雲海坊……」

「分った。古道具屋の青蛾堂、ちょいと調べてみるよ」

雲海坊は笑った。

「そうしてくれ……」

幸吉は頷いた。

三

由松と新八は弁天一家の貸元の長兵衛、勇次と清吉は瀬戸物屋『亀屋』の吉次郎を引き続き見張り、篠崎孝次郎と松本準之助を殺した浪人が現れるのを待つ事にした。そして、雲海坊が浅草花川戸町の古道具屋『青蛾堂』を洗う事になった。

「そうか、今の処、弁天一家の貸元長兵衛と亀屋の吉次郎の処に篠崎と松本を斬ったと思われる浪人は現れないか……」

久蔵は眉をひそめた。

「はい。それで引き続き、由松や勇次たちが見張りを続けています」

幸吉は告げた。

「うむ。暫くそうするしかあるまい」

「はい。それにしても……」

幸吉は、微かな焦りと苛立《いらだ》ちを滲ませた。

「柳橋の。焦りや苛立ちは禁物だぜ」

久蔵は苦笑した。

「そいつは、分っているのですが……」

「ま、刻は掛かっても、此処はじっくりと構えるしかない」

久蔵は云い聞かせた。

「秋山さま……」

「柳橋の親分は、揺れちゃあならねえ……」

久蔵は微笑んだ。


「由松さん……」

弁天一家を見張っていた新八が、緊張した声で甘味処の奥で居眠りをしていた由松を呼んだ。

「どうした……」

由松は眼を覚まし、新八のいる窓辺に近寄った。

「浪人が二人、弁天一家に……」

新八は、弁天一家の店土間で三下に対している二人の浪人を示した。

二人の浪人は、三下に促されて弁天一家の框《かまち》に上がって行った。

「よし……」

由松は、甘味処の出口に向かった。

新八は続いた。

僅かな刻が過ぎ、二人の浪人が弁天一家から出て来た。

「由松さん……」

「追ってくれ。俺は奴らが何しに来たか、万造に訊く……」

「承知……」

新八は頷き、下谷広小路に向かう二人の浪人を追った。

由松は弁天一家に入り、三下に万造を呼ぶように頼んだ。

万造が奥から出て来た。

「由松の兄い……」

「万造、今の浪人共は……」

「はい。賞金首の篠崎孝次郎を殺ったから十両くれと……」

「じゃあ……」

由松は眉をひそめた。

「ですが、長兵衛の貸元が何でも良いから殺ったって証を持って来いと……」

万造は囁いた。

「流石《さすが》は長兵衛、油断はないな」

由松は苦笑した。

「そりゃあもう……」

「で、二人の浪人が何処の誰か分っているのか……」

由松は尋ねた。

二人の浪人は、下谷広小路から明神下の通りに出た。

新八は尾行た。

二人の浪人は、明神下の通りから神田明神の門前町に進んだ。

神田明神門前町の盛り場は、夜の商売の仕度を始めていた。

二人の浪人は、門前町の外れにある板塀に囲まれた仕舞屋《しもたや》に入った。

新八は見届けた。

板塀に囲まれた仕舞屋には、誰が住んでいるのか……。

新八は、周囲の者にそれとなく聞き込みを掛けた。

板塀の廻された仕舞屋には、芸者上がりの三味線の師匠のおきちと情夫《おとこ》の浪人が住んでいた。

「情夫の浪人……」

新八は眉をひそめた。

「ええ……」

近くの飲み屋に酒を届けに来た酒屋の手代は頷いた。

「名前、分るかな……」

「確か原田左馬之介《さまのすけ》さんだったと思いますよ」

酒屋の手代は告げた。

「原田左馬之介……」

「ええ……」

「どんな奴かな……」

「背の高い浪人でしてね。お店や料理屋の用心棒なんかをしているそうですよ」

「用心棒……」

「ええ。じゃあ、忙しいので……」

酒屋の手代は、帰りたがった。

「うん。造作を掛けたね。助かったよ」

新八は、酒屋の手代に礼を云った。

酒屋の手代は、足早に立ち去った。

貸元の長兵衛を訪れた二人の浪人は、原田左馬之介に用があって来ている。

新八は睨んだ。

「新八……」

由松が駆け寄って来た。

「由松さん……」

「二人の浪人、此の家に入ったのか……」

由松は、板塀の廻された仕舞屋を眺めた。

「はい。良く此処が分かりましたね」

新八は尋ねた。

「うん。博奕打ちの万造の話じゃあ、二人の浪人は坂上総十郎《さかがみそうじゅうろう》と野々村伝内《ののむらでんない》、神田明神門前町の盛り場に屯《たむろ》している奴らだそうだ」

由松は告げた。

「それで此処に……」

「ああ、来たらお前が見えた」

「そうですか。で、奴らが篠崎孝次郎と松本準之助を……」

「うん。だから賞金の十両をくれと、長兵衛に云って来たそうだ」

「じゃあ……」

「だが、篠崎を斬ったって確かな証はなくて、長兵衛はそいつを持って来たら十両払うと云ったそうだ」

「で、此処に来ましたか……」

新八は、仕舞屋を眺めた。

「ああ。で、誰の家か分ったのか……」

「はい……」

新八は、芸者上がりの三味線の師匠おきちの家であり、情夫の浪人原田左馬之介が住んでいる事を告げた。

「で、坂上と野々村って浪人は、その原田左馬之介に逢いに来たんじゃないかと……」

新八は読んだ。

「うん。新八の読みの通りだろうな」

由松は頷いた。

「はい……」

「って事は、原田左馬之介が篠崎孝次郎を殺した確かな証を持っているのか……」

由松は眉をひそめた。

「かもしれません……」

新八は、喉を鳴らした。

仕舞屋から坂上と野々村は現れず、三味線の爪弾きが洩れて来た。

夕暮れ時が訪れた。

由松と新八は、神田明神門前町の仕舞屋を見張り続けた。

仕舞屋に廻された板塀の木戸門が開き、浪人の坂上総十郎と野々村伝内が出て来た。

「新八……」

「はい……」

「追うぜ……」

由松と新八は、浪人の坂上総十郎と野々村伝内を追った。

神田明神門前町の盛り場は、連なる飲み屋が商売を始めていた。

坂上総十郎と野々村伝内は、馴染の居酒屋で酒を飲み始めた。

由松と新八は、居酒屋の片隅で酒を飲みながら坂上と野々村を見守った。

坂上と野々村は、酒と肴《さかな》をいろいろ頼んで楽しんでいた。

「坂上と野々村、思ったより羽振りがいいですね」

新八は、戸惑いを浮かべた。

「ああ。金はあるようだな……」

由松は眉をひそめた。

賞金の十両は、弁天一家の貸元長兵衛に貰えなかった筈だ。

それなのに何故だ……。

元々金を持っていたのか、それとも原田左馬之介にでも貰ったのか……。

由松と新八は、坂上と野々村を窺いながら酒を飲み、腹拵《はらごしら》えをした。

刻が過ぎた。

居酒屋は賑わい、様々な客が出入りした。

坂上と野々村は、酒を飲み続けた。

「どうします……」

新八は眉をひそめた。

「付合い切れねえぜ」

由松は苦笑した。

「じゃあ……」

「うん。外で見張るぜ」

由松と新八は、居酒屋を出た。

居酒屋の外には、酔っ払いが賑やかに行き交っていた。

由松と新八は、斜向いの路地に入って出て来た居酒屋を見張った。

新八は、大きく息を吐いて酒の酔いを抜こうとした。

「いつ迄、飲んでいるのか……」

由松は、居酒屋を呆れたように見詰めた。

寛永寺の鐘が鳴り始めた。

「亥の刻四つ（午後十時）か……」

由松は眉をひそめた。

「ええ。もう二刻（約四時間）近く飲んでいやがる」

新八は苦笑した。

亥の刻四つは、町木戸の閉まる刻限だ。

酔客たちが帰り始めた。

居酒屋からも客が出て来た。

客の中には、浪人の坂上総十郎と野々村伝内もいた。

「新八……」

「はい……」

新八は頷いた。

坂上と野々村は、酔った足取りで盛り場から明神下の通りに向かった。

由松と新八は尾行た。


神田川の流れは、行き交う船もなく暗かった。

坂上総十郎と野々村伝内は、酔った足取りで昌平橋に向かった。

由松と新八は、充分な距離を取って追った。

坂上と野々村は、昌平橋に差し掛かった。

刹那、昌平橋の袂から黒い人影が現れ、蒼白い煌めきが瞬いた。

「由松さん……」

新八は凍て付いた。

「ああ……」

由松は喉を鳴らした。

坂上と野々村が倒れ、黒い人影は闇に走り去った。

「新八……」

由松は、倒れた坂上と野々村の許に走った。

新八は、慌てて続いた。

坂上と野々村は、首の血脈を刎《は》ね斬られて血を流して倒れていた。

「新八、人を呼べ……」

「は、はい……」

新八は、呼び子笛を吹き鳴らした。

由松は、走り去った黒い人影を追った。

新八は、呼び子笛を吹き鳴らし、坂上と野々村を見た。

坂上と野々村は、首から血を流して既に絶命していた。

血と酒の臭いが漂った。


南町奉行所の中庭は陽差しに溢れていた。

篠崎孝次郎を斬ったと、博奕打ちの貸元長兵衛に十両の賞金を貰いに行った浪人の坂上総十郎と野々村伝内が殺された。

久蔵は、幸吉の報せを聞いて厳しさを過ぎらせた。

「はい。昌平橋の袂に潜み、やって来た坂上と野々村の首の血脈を一太刀で……」

幸吉は告げた。

「して、二人を斬った者は……」

「由松が追ったのですが、見失いました」

「そうか……」

「斬ったのは、かなりの遣い手ですね」

和馬は読んだ。

「うむ。して、柳橋の。殺された二人の浪人、長兵衛の許に十両の賞金を貰いに行き、殺った証を見せろと云われ、神田明神門前町の三味線の師匠の家に行ったのだな」

久蔵は訊き返した。

「はい。三味線の師匠、芸者上がりのおきちって云いましてね。原田左馬之介って情夫がおり、そいつに逢いに行ったものと……」

幸吉は告げた。

「原田左馬之介か……」

久蔵は眉をひそめた。

「はい……」

幸吉は頷いた。

「それにしても秋山さま、坂上と野々村の二人、どうして殺されたのですかね」

和馬は首を捻った。

「うむ。分らないのはそこだな……」

久蔵は、小さく笑った。


浅草花川戸町の古道具屋『青蛾堂』は、主の宇三郎が遊び人の蓑吉を使って様々な商売をしている。

雲海坊は、古道具屋『青蛾堂』を探った。

古道具屋『青蛾堂』には、唐物の抜け荷の品や盗品を扱っていると云う噂があった。

元浜町の瀬戸物屋『亀屋』の吉次郎は、そうした品物を秘かに買っているのかもしれない。

雲海坊は、古道具屋『青蛾堂』の宇三郎を調べ続けた。

浜町堀越しに見える瀬戸物屋『亀屋』では、奉公人たちが訪れる客の相手をしていた。

勇次と清吉は、一膳飯屋の二階から瀬戸物屋『亀屋』を見張り続けていた。

旦那の吉次郎は、余り店から出掛ける事もなく、訪れて来る浪人もいなかった。

もし、吉次郎が篠崎孝次郎殺しの背後に潜んでいるならば、雇った浪人たちとは事前に話を付けているとも考えられる。

「事件の後は、何があっても一切逢わないと決めてか……」

勇次は眉をひそめた。

「ええ。違いますかね」

「じゃあ、人殺し料は雇った時に耳を揃えて払ったのか……」

「あっ。だったら、篠崎孝次郎と斬り合うなんて危ない真似をしないで、金を持ち逃げする奴もいますか……」

清吉は気が付いた。

「ああ。だから金は、前金と後金に分けるのが普通だぜ」

勇次は笑った。

「ええ。でしたら吉次郎旦那が出掛けないのも、浪人が来ないのも妙ですね」

清吉は首を捻った。

「うん。ま、熱の冷めるのを待っているのかもしれないし、もう暫くの辛抱だ……」

勇次は云い聞かせた。

「はい……」

清吉は、瀬戸物屋『亀屋』を見張った。

瀬戸物屋『亀屋』には客が出入りし、変わった様子は窺えなかった。

「此処か……」

久蔵は、板塀で囲まれた仕舞屋を眺めた。

「はい……」

由松は頷いた。

「由松、坂上総十郎と野々村伝内は、貸元の長兵衛に篠崎孝次郎を殺した証を持って来いと云われ、此処に来たのだな」

久蔵は、坂上と野々村の足取りを確かめた。

「はい……」

「で、原田左馬之介に逢い、夕暮れ迄此処にいて神田明神門前町の居酒屋に行った……」

「はい。二人は羽振り良く、酒を飲み、料理を食べていました」

「羽振り良くか……」

久蔵は眉をひそめた。

「はい。それで二刻程、酒を飲んで居酒屋を出て、酔った足取りで昌平橋に……」

「で、得体の知れぬ男が現れ、坂上と野々村を斬ったか……」

「はい……」

「その得体の知れぬ男、待ち伏せでもしていたようだな……」

久蔵は読んだ。

「待ち伏せ……」

由松は眉をひそめた。

「ああ……」

久蔵は笑った。

四

上野北大門町の弁天一家の貸元長兵衛の許には、坂上と野々村の他に篠崎孝次郎を殺したと云う浪人は現れなかった。

新八は、斜向いの甘味処の奥から見張り続けた。

「どうだ……」

由松が入って来た。

「妙な浪人、現れませんね」

「そうか……」

「で、秋山さまは……」

「そいつなんだがな。秋山さま、坂上と野々村を斬った野郎は、待ち伏せをしていたようだとな……」

「待ち伏せ……」

新八は眉をひそめた。

「ああ。もし、秋山さまの睨み通りだったら、新八、待ち伏せをしていたのは誰だと思う」

　由松は、新八を見詰めた。

「原田左馬之介ですか……」

　新八は読んだ。

「うん。亥の刻四つ迄、酒を飲んで昌平橋に来いと云ってな」

　由松は告げた。

「でも、原田がどうして……」

「そいつが、未だ良く分らねえ」

　由松は苦笑した。


「原田左馬之介……」

　和馬は眉をひそめた。

「うむ。人柄と身辺、それに剣の腕を詳しく調べてみるんだ」

「はい……」

　久蔵は命じた。

「それから柳橋の。弁天一家の貸元長兵衛の見張りを解き、由松と新八に原田左馬之介を見張らせろ」

「はい……」

幸吉は頷いた。

「秋山さま。長兵衛の見張りを解くって事は、篠崎孝次郎殺しの背後にいるのは、瀬戸物屋亀屋の吉次郎ですか……」

和馬は訊いた。

「いや。そうと決まった訳じゃあない」

久蔵は苦笑した。

「秋山さま、じゃあ背後にいるのは長兵衛でも吉次郎でもないと……」

幸吉は眉をひそめた。

「ああ、かもしれない。何れにしろ和馬、柳橋の、坂上と野々村を斬ったのは、原田左馬之介だ」

久蔵は睨んだ。

「原田左馬之介。何故ですか……」

和馬は、戸惑いを浮かべた。

「口封じだ……」

久蔵は笑った。

幸吉は、由松と新八を長兵衛から浪人の原田左馬之介の見張りに変えた。

由松と新八は、神田明神門前町にある板塀を廻した仕舞屋を見張った。

「由松さん、秋山さまは坂上と野々村を待ち伏せして斬ったのは、原田左馬之介だと睨んだようですね」

新八は、仕舞屋を窺った。

「ああ……」

由松は頷いた。

「どうだ……」

久蔵が塗笠を被り、着流し姿でやって来た。

「これは秋山さま……」

由松と新八は、緊張を滲ませて迎えた。

「原田左馬之介、動かないか……」

「はい……」

「秋山さま、坂上と野々村を殺ったのは、原田左馬之介なのですか……」

由松は尋ねた。

「ああ。坂上と野々村は、貸元の長兵衛に篠崎孝次郎を殺した証を持って来いと云われて原田左馬之介を訪れた。そして、篠崎孝次郎を殺した証になる物はないかと尋ねた……」

久蔵は読んだ。

由松と新八は、緊張した面持ちで聞いた。

「それで、原田は証を用意する間、酒でも飲んで来いと坂上と野々村に金を渡し、亥の刻四つに昌平橋に来いと告げた。そして、待ち伏せをして酔っ払った二人の口を封じた」

久蔵は睨んだ。

「口を封じた……」

「ああ。生かして置けば、また欲を搔いて長兵衛の許に行くからな……」

久蔵は苦笑した。

「じゃあ、篠崎孝次郎と松本準之助を殺ったのは……」

由松は眉をひそめた。

「ああ。おそらく原田左馬之介と坂上、野々村の三人だろう」

久蔵は断じた。

由松と新八は、喉を鳴らして頷いた。

「だが、未だ分らないのは、誰に頼まれての所業かだ……」

「貸元の長兵衛じゃあないなら、瀬戸物屋の亀屋の吉次郎ですか……」

新八は読んだ。

「さあて、そいつはどうかな……」

久蔵は眉をひそめた。

浜町堀に架かる千鳥橋の船着場に猪牙舟が船縁を寄せた。

羽織を着た初老の男が、風呂敷包みを持った蓑吉を従えて猪牙舟を降りた。

「蓑吉です……」

清吉が見定めた。

「じゃあ、あの男が古道具屋青蛾堂の宇三郎だな……」

勇次は睨んだ。

宇三郎と蓑吉は、瀬戸物屋『亀屋』に入って行った。

猪牙舟に続き、屋根船が船着場に着いた。

饅頭笠を被った托鉢坊主が降りた。

「おう。雲海坊さんだ」

勇次は、屋根船が船宿『笹舟』の物で、降りた托鉢坊主が雲海坊だと気が付いた。

「呼んで来ます」

清吉は、身軽に出て行った。


「やあ……」

雲海坊は、清吉に誘われて一膳飯屋の二階に上がって来た。

「御苦労さんです」

勇次は迎えた。

「ああ。偶々《たまたま》、花川戸の船着場にうちの屋根船が来ていてな。ついていたぜ」

「そいつは良かった。青蛾堂の宇三郎ですか」

「ああ。どうやら宇三郎、故買屋《こばい》もやっているようでな。亀屋の吉次郎、馴染客のようだ」

雲海坊は苦笑した。

「どうぞ……」

清吉は、雲海坊に茶を淹《い》れた。

「すまないな……」

「で、宇三郎と蓑吉、金で人殺しを請負う始末屋との拘りは……」

勇次は尋ねた。

「そいつが、いろいろ探ってみたのだが、始末屋との繋がりは一切浮かばない」

「そうですか……」

「亀屋の吉次郎、篠崎孝次郎と松本準之助殺しに拘りはないかもな……」

雲海坊は、清吉の淹れてくれた茶を啜った。


仕舞屋を囲む板塀の木戸門が開いた。

「秋山さま、由松さん……」

新八が、板塀の木戸門を示した。

久蔵と由松は、木戸門を窺った。

背の高い総髪の浪人が木戸門から現れ、辺りを鋭い眼差しで見廻した。そして、辺りに不審な事はないと見定め、明神下の通りに向かった。

「原田左馬之介だな……」

久蔵は睨んだ。

「ええ……」

由松は、喉を鳴らして頷いた。

「よし。後を尾行るが、原田は知っての通りの遣い手だ。先ずは俺が行く。由松と新八は後から来てくれ」

久蔵は命じた。

「承知しました。程良い処であっしと新八が秋山さまの前に出ます」

由松は頷いた。

「そうしてくれ……」

久蔵は、由松と新八に笑い掛けて原田左馬之介を追った。

由松と新八は、久蔵に続いた。

原田左馬之介は、油断のない足取りで明神下の通りから神田川に向かった。

久蔵は追った。

原田は、尾行る者を警戒しながら神田川に架かっている昌平橋を渡り、神田八ツ小路に入った。
神田八ツ小路は多くの人が行き交っていた。
久蔵は尾行た。
由松と新八が久蔵に目礼し、追い抜いて行った。
久蔵は、足取りを緩めて由松と新八の後に続いた。
原田左馬之介は、神田八ツ小路を通り抜けて日本橋に続く通りに進んだ。
由松と新八は、慎重に尾行た。
神田須田町、神田通新石町……。
原田は通りを進み、神田鍋町に入った。
由松と新八は追った。
原田は、鍋町を進んで一軒の店に入った。
「まさか……」
新八は、思わず声を上げて足早に進んだ。
「どうした。新八……」

由松は、怪訝な面持ちで追った。

新八は、原田左馬之介の入った店を困惑した面持ちで見ていた。

「どうかしたのか……」

由松が追い付いた。

「はい。薬種屋恵比須堂です」

「薬種屋恵比須堂……」

由松は、薬種屋『恵比須堂』の看板を掲げている店を眺めた。

「此の店に入ったのか……」

久蔵がやって来た。

「はい。薬種屋恵比須堂です」

「薬種屋恵比須堂……」

久蔵は眉をひそめた。

「はい。篠崎孝次郎と一緒に殺された松本準之助の亡くなった御新造の実家です」

新八は告げた。

「何だと。秋山さま……」

由松は驚いた。

「松本準之助の死んだ御新造の実家……」

久蔵は、薬種屋『恵比須堂』を眺めた。

浪人の原田左馬之介は、篠崎孝次郎と一緒に斬り殺された松本準之助の死んだ妻の実家である薬種屋『恵比須堂』を訪れた。

原田左馬之介は、薬種屋『恵比須堂』に何用あって来たのだ。

「薬を買いに来たんですかね」

新八は眉をひそめた。

「かもしれないが、それだけではあるまい」

久蔵は、厳しさを過ぎらせた。

「秋山さま、まさか……」

由松は眉をひそめた。

「ああ。由松、新八、俺たちは初手の睨みを間違ったのかもしれないいな」

久蔵は苦笑した。

薬種屋『恵比須堂』は、風に暖簾を揺らしていた。

「初手の睨みを間違えた……」

和馬と幸吉は、戸惑いを浮かべた。

「ああ。篠崎孝次郎と松本準之助が三人の浪人に殺された。俺たちは、篠崎孝次郎が恨みを買って襲われ、松本準之助は一緒にいて巻添えで殺されたと睨んだ……」

久蔵は苦笑した。

「ええ……」

「そいつが間違いだった」

「って事は、秋山さま。原田左馬之介たちは、篠崎孝次郎ではなく松本準之助を殺す為に襲ったのですか……」

幸吉は眉をひそめた。

「ああ。巻添えにあったのは、松本準之助じゃあなく、篠崎孝次郎の方なのだ」

久蔵は告げた。

「ですが何故に……」

「仔細は今、由松と新八が調べているが、そいつには二年前に死んだ松本準之助の妻のゆきえが拘わっているようだ」

「二年前に死んだ妻のゆきえ……」

「ああ。原田左馬之介は、ゆきえの実家の神田鍋町の薬種屋恵比須堂に出入りしていた」

「薬種屋の恵比須堂……」

「うむ。新八の話では、玉池稲荷の裏の松本屋敷には、ゆきえの父親、恵比須堂の隠居の喜平が弔いに来ていたそうだ」

「じゃあ、その喜平が原田左馬之介を雇ったのですか……」

「ああ。おそらくな……」

久蔵は頷いた。

「そうでしたか……」

「柳橋の、瀬戸物屋の亀屋の吉次郎はどうなっている」

「はい。花川戸の古道具屋青蛾堂の扱う盗品を秘かに買っているようでして、今、雲海坊が勇次や清吉と……」

「よし。ならば和馬、柳橋の。由松や新八と一緒に恵比須堂の隠居喜平と原田左馬之介を調べるのだ」

「心得ました」

和馬と幸吉は頷いた。

「恵比須堂喜平と原田左馬之介にとって篠崎孝次郎、好都合な隠れ蓑だったのだろうな」

久蔵は苦笑した。


由松と新八は、浪人原田左馬之介を見張り続けた。

和馬と幸吉は、玉池稲荷裏の松本準之助の屋敷を訪れて老下男の茂助《もすけ》に逢った。

茂助は、緊張と警戒を露わにした。

「茂助、御新造のゆきえさん、二年前に病で亡くなったと聞いたが、本当か……」

和馬は、厳しく問い質《ただ》した。

「は、はい。本当にございます……」

茂助は、和馬と幸吉から眼を逸《そ》らした。

嘘を吐いている……。

和馬と幸吉は苦笑した。

「茂助さん、御新造のゆきえさんの実家は薬種屋恵比須堂。薬もあれば、腕の良い医者も知っている筈、病で亡くなるとは思えなくてね。本当の事を云ってくれないと、亡くなった御新造のゆきえさんも浮かばれませんよ」

幸吉は、哀れむように見詰めた。

「お、親分さん、そんな……」

茂助は、怯えを滲ませた。

「でしたら茂助さん、知っている事を話して下さい」

幸吉は云い聞かせた。

「旦那、親分さん。御新造のゆきえさまは病で亡くなったのではなく、御懐妊されないのを旦那さまに口汚く罵《ののし》られ続け、それを気に病まれ、胸を突かれて自害されたのでございます」

茂助は、涙声で告げた。

「自害……」

和馬と幸吉は驚いた。

「はい。お優しい御新造さままでしたのに……」

茂助は、溢れる涙を拭った。

「和馬の旦那……」

幸吉は眉をひそめた。

「ああ。恵比須堂の隠居の喜平は、松本準之助が娘のゆきえを自害に追い込み、殺したと恨んだのだろうな」

和馬は、喜平の胸の内を読んだ。

薬種屋『恵比須堂』隠居の喜平は、娘ゆきえを自害に追い込んだ松本準之助を恨み、原田左馬之介たちを金で雇った。そして、原田たちは松本と一緒にいた篠崎孝次郎諸共斬り棄てた。

狙われたのは松本準之助であり、篠崎孝次郎は巻添えになったのだ。

久蔵は、和馬と幸吉に薬種屋『恵比須堂』隠居の喜平の捕縛を命じた。そして、由松と新八を従えて神田明神門前町の仕舞屋を訪れた。

「俺は南町奉行所吟味方与力の秋山久蔵と云う者だが、原田左馬之介はいるな……」

久蔵は、応対に現れた仕舞屋の主、三味線の師匠のおきちに笑い掛けた。

「お、お前さん……」

おきちは狼狽《うろた》え、居間に向かって嗄れ声を引き攣らせた。

原田左馬之介は居間にいる……。

久蔵は、居間に踏み込んだ。

由松と新八は続いた。


原田左馬之介は、居間の長火鉢の前に座っていた。

「やあ。原田左馬之介だな……」

久蔵は、原田に笑い掛けた。

「南町奉行所の剃刀久蔵か……」

原田は、狼狽える様子もなく、久蔵を鋭い眼差しで見上げた。

「ああ。原田、神田鍋町の恵比須堂隠居の喜平に雇われて御家人の松本準之助を斬り、一緒にいた篠崎孝次郎も殺した。そうだな」

久蔵は告げた。

原田は苦笑し、刀を手にして庭に下りた。

久蔵は続いた。

原田左馬之介は、薄笑いを浮かべて刀を抜き払った。
「良い覚悟だ……」
久蔵は苦笑した。
「剃刀久蔵が出張って来たからには、最早逃げ隠れは出来ぬだろう」
原田は、自嘲の笑みを浮かべた。
久蔵は、静かに刀を抜いた。
由松と新八はおきちを押さえ、息を詰めて見守った。
久蔵と原田は、刀を青眼《せいがん》に構えて対峙《たいじ》した。
青眼に構えた二人の刀が僅かに動き、その鋒《きっさき》が煌めいた。
刹那、原田は斬り掛かった。
久蔵は踏み込み、刀を一閃《いっせん》した。
閃光が走り、久蔵と原田は交錯した。
久蔵は、残心《ざんしん》の構えを取った。
原田は、刀を握り締めたままゆっくりと横に倒れた。
胸元から血が流れた。
「お前さん……」

おきちが悲鳴のように叫び、その場にへたり込んだ。

久蔵は振り返り、倒れた原田を見下ろした。

由松と新八は、倒れた原田に駆け寄って生死を検めた。

「秋山さま……」

由松は、首を横に振って原田左馬之介の死を報せた。

「うむ……」

久蔵は頷き、刀に拭いを掛けて鞘《さや》に納めた。


薬種屋『恵比須堂』隠居の喜平は、何もかも自白した。

自白の内容は、久蔵の読みの通りだった。

旗本の部屋住み篠崎孝次郎と御家人松本準之助殺しの一件は落着した。

隠居の喜平は死罪となり、薬種屋『恵比須堂』は闕所《けっしょ》となった。

旗本篠崎家は孝次郎の悪行が露見して減知《げんち》となり、御家人松本家は取潰しとなった。

花川戸町の古道具屋『青蛾堂』は故買屋だと判明し、主の宇三郎と蓑吉はお縄になった。

瀬戸物屋『亀屋』の主吉次郎も、故買屋の宇三郎から名のある盗品を秘かに買っていた事が露見してお縄になった。

吉次郎は、娘が篠崎孝次郎によって自害に追い込まれた事を北町奉行所に訴え出た。だが、訴えは有耶無耶に終わった。その背後には、吉次郎が盗品を秘かに買っていた事実の露見を恐れ、訴えの取り下げがあったからだった。

事件の巻添えに遭ったのは、松本準之助ではなく篠崎孝次郎だった。

篠崎孝次郎は、酷い巻添えに遭った。だが、それも自業自得なのだ。

いつかは恨みの果てに殺される……。

久蔵は、篠崎孝次郎の行く末に想いを馳せた。

巻添えか……。

久蔵は苦笑した。

微風が吹き抜け、久蔵の鬢《びん》の解れ髪を揺らした。

第三話

卑怯者

一

八丁堀岡崎町の秋山屋敷は、昼食も終わって長閑な時を迎えていた。

台所の板の間の框には与平《よへい》が腰掛け、小春《こはる》の介添えで煎じ薬を飲んでいた。

「小春さま、ありがとうございます」

与平は礼を云って噎《む》せ込んだ。

「大丈夫。与平の爺ちゃん……」

小春は、慌てて与平の背を摩《さす》った。

「ええ、ええ。大丈夫ですよ。小春さまは本当にお優しくて。極楽、極楽……」

与平は、嬉しげに眼を細めた。

「じゃあ奥さま、神崎さまの御屋敷に行って参ります」

おふみは、笊《ざる》に入れた干し鮑《あわび》や干物魚などに布巾を被せ、香織《かおり》に告げた。

「ええ。少ないですが、頂き物のお裾分けですと、百合江《ゆりえ》さまに宜しくね」

香織は、昼食の後片付けをしながら微笑んだ。

「はい。じゃあ……」

おふみは、笊を抱えて勝手口から出て行った。

「気を付けて、いってらっしゃい……」

小春は、与平の背を摩りながら見送った。

閉められた表門内の前庭では、太市《たいち》が植込みの手入れをしていた。

「お前さん、行って来ます」

台所から出て来たおふみは、布巾を掛けた笊を抱えて亭主の太市に声を掛けた。

「うん。送って行くか、おふみ……」

太市は心配した。

「何云ってんの、神崎さまの御屋敷ですよ」

おふみは苦笑した。

「そりゃあ、近いけど……」

「じゃあね」

おふみは、表門脇の潜り戸に向かった。

「うん。気を付けて行くんだぜ。何かあったら、旦那さまの名前を出すんだぞ」

「分っていますよ」

おふみは、心配する亭主の太市に苦笑しながら潜り戸から出て行った。

「おふみ、気を付けてな」

太市は、潜り戸を出て心配そうに見送った。


神崎屋敷は、八丁堀北島町地蔵橋傍にあり遠くはなかった。

おふみは、布巾を被せた笊を持って足早に地蔵橋に向かった。

神崎屋敷は、地蔵橋の架かっている堀割沿いにあった。

おふみが地蔵橋に差し掛かった時、神崎屋敷の板塀の木戸門が開き、着流しの中年の武士が出て来た。

おふみは、地蔵橋の袂に立ち止まった。

着流しの中年の武士は、足早に地蔵橋に来て神崎屋敷を振り返った。

おふみは見守った。

着流しの中年の武士は、小さな笑みを浮かべて南茅場町《みなみかやばちょう》に向かった。

おふみは見送り、地蔵橋を渡って堀割沿いを神崎屋敷に進んだ。

「御免下さい……」

おふみは、勝手口から神崎屋敷の奥に声を掛けた。

「はあい……」

屋敷の奥から百合江の返事がした。

「百合江さま、秋山のふみにございます」

おふみは告げた。

「あら。おふみちゃん……」

和馬の御新造の百合江が台所に出て来た。

「御免下さい。百合江さま。奥さまが少ないですが、頂き物のお裾分けをと……」

おふみは、干し鮑や干物魚を入れた笊を百合江に渡した。

「それはそれは、いつも気に掛けて戴きまして、ありがとうございます。奥さまに宜しくお伝え下さい」

「はい。承りました」

「じゃあ、おふみちゃん、ちょいとお茶でも如何、美味しい羊羹《ようかん》があるのよ」

百合江は誘った。

「はい。じゃあ、お邪魔します……」

おふみは頷き、板の間の框に腰掛けた。

百合江は、楽しげに茶を淹れ、羊羹を切り始めた。

そこには、着流しの中年の武士が来ていた気配は何も感じられなかった。

「さあ、どうぞ……」

百合江は、おふみに茶と羊羹を差し出した。

「はい。美味しそう。戴きます」

おふみは微笑んだ。


神田川の流れは煌めいた。

柳原通《やなぎわらどお》りは神田川の南岸沿いにあり、両国広小路と神田八ツ小路を結び、途中に柳森稲荷があった。

柳森稲荷の鳥居の前には僅かな露店が並び、背後の空地の茂みに派手な半纏を着た男の死体があった。

和馬は、新八と共にやって来た。

空地には自身番の者や木戸番が張り番をしており、派手な半纏を着た男の死体の傍には幸吉と勇次がいた。

「親分、神崎の旦那がお見えになりました」

新八は告げた。

「こいつは御苦労さまです」

幸吉と勇次は迎えた。

「やあ……」

和馬は、派手な半纏を着た男の死体に手を合わせた。

「で、仏さん、何処の誰なんだい……」

「遊び人の友造《ともぞう》、下谷界隈の大店の旦那や隠居の使いっ走りをして小遣を貰っている奴だそうです」

幸吉は告げた。

「遊び人の友造か……」

「はい。で、背中を何度も斬られています」

幸吉と勇次は、和馬に遊び人の友造の背中を見せた。

遊び人の友造の背中は、何度も斬られて血塗れになっていた。

「酷いな……」

和馬は眉をひそめた。

「ええ……」

「逃げる友造を追い掛け、何度も斬り付けているな……」

和馬は読んだ。

「はい。殺ったのは……」

「おそらく侍だろうが、腕はかなりの鈍《なまくら》だな」

和馬は苦笑した。

「そうですか。で、血の乾き具合から見て殺されたのは、昨夜遅くですかね」

「だろうな……」

「で、巾着《きんちゃく》には一朱と文銭が少し、物盗りや辻強盗じゃありませんね」

勇次は睨んだ。

「そうか。かと云って辻斬りでもないな」

「じゃあ、遺恨か喧嘩ですか……」

「ま、遊び人の友造、何をしていたかだな」

和馬は眉をひそめた。

「ええ。勇次、新八。近頃、友造が何をしていたのかだ」

幸吉は命じた。

「分りました。下谷界隈の遊び人や博奕打ちに当たってみます」

勇次と新八は、和馬と幸吉に会釈をして聞き込みに向かった。


神田川には櫓の軋みが響いていた。

学問所の授業を終えた秋山大助《だいすけ》は、友人の原田《はらだ》小五郎《こごろう》と湯島から昌平橋に向かった。そして、昌平橋に差し掛かった時、俯き加減に渡って来る武家の妻女に気が付いた。

百合江さま……。

大助は、思わず足を止めた。

武家の妻女は百合江であり、大助に気が付かず足早に神田川沿いの道を湯島に向かって行った。

大助は、百合江を見送った。

「どうした、大助……」

小五郎は、大助に怪訝な眼を向けた。

「う、うん。小五郎、学問所に忘れ物をした。先に帰ってくれ」

「えっ……」

小五郎は驚いた。

「悪いな。じゃあ……」

大助は、驚いた小五郎を残して百合江を追った。

気になった……。

大助は、俯き加減で足早に行く百合江が緊張した面持ちだったのが気になった。

何かあったのか……。

大助は、足取りを速めた。

湯島の学問所脇の昌平坂を曲がる百合江の姿が見えた。

大助は、百合江を追った。

昌平坂は、湯島から本郷の通りに続いている。
百合江は、本郷の通りを進んで北ノ天神真光寺《きたのてんじんしんこうじ》の門前町を西に曲がった。
西に曲がった先は、本郷御弓町《おゆみちよう》で旗本御家人の屋敷が連なっている。
百合江は、武家屋敷街を進んだ。
誰かの屋敷に行くのか……。
大助は尾行た。
百合江は、連なる屋敷の一軒の前に立ち止まり、辺りを窺って門を潜った。
大助は見届けた。
誰の屋敷だ……。
大助は、百合江の入った屋敷の主が誰か気になった。
行商の小間物屋が、三軒先の屋敷から出て来た。
大助は駆け寄った。
「ちょいと尋ねますが、あの屋敷は秋山さまの屋敷ですか……」
嘘も方便だ……。
大助は、嘘を吐いて屋敷の主の名を聞き出そうとした。
「いえ。あそこは黒田精一郎《くろだせいいちろう》さまの御屋敷にございますよ」

小間物屋は苦笑した。

「黒田精一郎さま……」

「左様にございます」

「じゃあ、御新造さまは……」

「御新造さまは、随分と前にお亡くなりになったとかで、今は下男の善助《ぜんすけ》さんと二人暮らしですよ」

「下男と二人暮らし……」

大助は眉をひそめた。

黒田家に御新造はいない……。

百合江は、黒田精一郎に用があって訪れたのだ。

大助は知った。

「お侍さん……」

小間物屋は、大助に怪訝な声を掛けた。

「あっ。いや、造作を掛けました」

大助は礼を述べた。

「いえ……」

小間物屋は、戸惑った面持ちで立ち去った。

黒田家の門が開いた。

大助は、素早く物陰に隠れた。

百合江が黒田家から現れ、足早に本郷の通りに向かった。

大助は追った。


下谷広小路は賑わっていた。

勇次と新八は、賑わいに遊び人の友造を知っている者を捜した。

遊び人の久六《きゅうろく》……。

友造と親しい遊び人が浮かんだ。


遊び人の久六は、一膳飯屋で昼間から安酒を飲んでいた。

勇次と新八は、久六の左右に座った。

「何だ。手前《てめえ》ら……」

久六は狼狽え、立ち上がろうとした。

「落ち着きな……」

勇次と新八は、久六を左右から座らせて十手を見せた。

「えっ……」

久六は緊張した。

「久六、友造を知っているな」

勇次は、久六を見据えた。

「えっ、ええ。友造が何か……」

久六は頷いた。

「友造、今、何をしているんだい」

「さあ、良くは知らねえが、近頃は御家人の旦那の使いっ走りをしているって聞いたぜ」

「御家人の旦那の使いっ走り……」

勇次は眉をひそめた。

「その御家人の旦那の名前は……」

新八は訊いた。

「知らねえよ。そこ迄は……」

久六は、狡猾な笑みを浮かべた。

「久六、お前も長い間、遊び人をしていれば叩けば埃の舞いあがる身体だろう。罪科は選り取り見取りだ。好きなのを選びな」

勇次は嘲りを浮かべ、捕り縄を出した。

「じょ、冗談じゃあねえ。兄い……」

久六は狼狽えた。

「じゃあ、知っている事を正直に話すんだな」

「兄い。黒田だ。友造は黒田って御家人の使いっ走りをしているんだぜ」

「黒田……」

勇次は眉をひそめた。

「ああ……」

「下の名と屋敷の場所は……」

新八は問い詰めた。

「下の名は分らねえ。屋敷は本郷だと聞いた憶えがある」

「本郷に屋敷のある御家人の黒田か……」

新八は念を押した。

「ええ。処で兄い。友造、何をしたんだい」

久六は訊き返した。

「昨夜遅く、殺されたぜ……」

勇次は告げた。

「殺された……」

久六は驚き、素っ頓狂な声をあげた。

「ああ。昨日、友造を見掛けたか……」

「いや。見掛けなかった……」

久六は、呆然と勇次を見詰めた。

「じゃあ、友造を恨んでいて、殺ったと思われる奴に心当りはないかな……」

「ない。ありませんぜ……」

久六は、怯えたように声を引き攣らせた。

「そうか……」

「勇次の兄貴……」

「ああ……」

久六は、嘘は吐いていない。

勇次と新八は見定めた。

八丁堀の組屋敷街は西日に照らされた。

百合江は、本郷御弓町から真っ直ぐ北島町の組屋敷に帰った。

大助は、堀割に架かっている地蔵橋の袂から見届けた。

「大助さま……」

太市が現れた。

「やあ。太市さん……」

「百合江さまを……」

太市は、堀割沿いにある神崎屋敷を示した。

「えっ、ええ。昌平橋の袂で見掛けましてね。何だか気になって、ちょっと後を……」

大助は、後ろめたそうに告げた。

「そうでしたか。で、百合江さまは何処に……」

太市は、厳しさを過ぎらせた。

「えっ。本郷御弓町の黒田精一郎って御家人の屋敷ですけど……」

大助は、戸惑いを浮かべた。

「本郷御弓町の黒田精一郎さま……」

「はい。太市さん、百合江さま、どうかしたんですか……」

「さあ、分りません」

「分らない……」

大助は眉をひそめた。

「はい。昨日、おふみが奥さまのお使いで来た時、着流しの中年の武士が出て来るのを見掛けましてね。それで、ちょいと……」

太市は、小さく笑った。

「じゃあ、その着流しの中年の武士が黒田精一郎かもしれませんね」

大助は読んだ。

「ええ。それで大助さま、此の事は誰にも内緒で此処迄です」

「えっ……」

「私たちは、余計な真似をしているのかもしれませんからね……」

太市は苦笑した。

下谷と浅草の間に新寺町はあり、多くの寺が連なっていた。

幡随院《ばんずいいん》は連なる寺の中にあり、その門前町の外れに古い長屋があった。

勇次と新八は、久六に聞いた古い長屋の奥にある友造の家を訪れた。

友造の家は薄暗く、三尺の土間と流しに続いて四畳半の一間があるだけだった。

「ちょいと家探しをしてみるか……」

「はい……」

勇次と新八は、狭い家にあがって万年蒲団や壁際に置かれていた行李《こうり》を調べた。

行李の中には、下着や着物などが入っているだけで、金目の物は何一つなかった。

「気になる物はないな……」

「ええ……」

勇次と新八は、狭い家の家捜しを直ぐに終えた。

夕陽が格子窓から差し込んだ。

行燈の火は揺れた。

本郷に住む御家人の黒田……。

殺された遊び人の友造は、黒田と云う本郷に住む御家人の使いっ走りをしていた。

勇次と新八は、幸吉に報せた。

「御家人の黒田……」

幸吉は訊き返した。

「はい。友造が黒田のどんな使いっ走りをしていたかは分りませんが、友造が何かしていたとしたら、御家人の黒田絡みって事になりますか……」

勇次は読んだ。

「うん。勇次、新八、相手は御家人、いろいろ面倒だろうが、先ずは本郷に住んでいる御家人の黒田を突き止めるしかないな」

幸吉は眉をひそめた。


囲炉裏の火は燃えた。

和馬は、囲炉裏端で晩酌を楽しんでいた。

「旦那さま、秋山さまから戴いた鰺《あじ》の干物ですよ」

百合江は、焼いた鰺の干物を持って来た。

「おう。此奴は美味そうだ」

和馬は、鰺の干物を肴に酒を飲んだ。

「処で百合江、志乃《しの》さんはどうした……」

和馬は尋ねた。

「それなのですが、白崎《しらさき》家を出たまま御実家にも戻らず、何処に行ったのか……」

百合江は吐息を洩らした。

「行き先が分らぬか……」

「はい。御主人の白崎さまは何事も内密に納めようと、一人で捜していますよ」

「ま。御新造に逃げられたと表沙汰に出来ぬし、それしかあるまい……」

和馬は、厳しい面持ちで酒を飲んだ。

「ええ……」

百合江は、囲炉裏で燃える火を見詰めた。

火は蒼白く燃え上がった。

二

南町奉行所の同心詰所は、同心たちが見廻りに出掛けて閑散としていた。

勇次と新八は、框に腰掛けて和馬の来るのを待っていた。

「おう。待たせたな……」

和馬が、旗本や御家人の武鑑《ぶかん》を手にしてやって来た。

「いいえ。で、分りましたか……」

勇次と新八は、框から立ち上がった。

「うむ。本郷に黒田と云う御家人は、西竹町と御弓町にそれぞれいたよ」

「じゃあ、二人ですか……」

「うん。西竹町に百石取りの黒田泰之進《たいのしん》、御弓町に百五十石取りの黒田精一郎、此の二人で揃って小普請組《こぶしんぐみ》だ……」

和馬は、武鑑に記されている二人の名と屋敷のある町を紙に書き写して勇次に渡した。

本郷は西竹町の黒田泰之進と御弓町の黒田精一郎……。

二人の内のどちらかが、殺された遊び人の友造と拘りがあるのだ。

勇次と新八は、二人の黒田の名と屋敷の場所を書いた紙を持って本郷に向かった。

「気を付けてな……」

和馬は見送り、久蔵の用部屋に向かった。


「遊び人の友造か……」

久蔵は眉をひそめた。

「はい。その友造殺しに黒田と申す御家人が絡んでいるようでして、勇次と新八が追っていますが、何かあった時には、宜しくお願いします」

和馬は報せた。

「うむ。して和馬。遊び人の友造、手に掛けたのは侍なのだな」

「はい。傷の具合から見て、逃げる友造を追い、背中を何度も斬り付けています」

「背中を何度も……」

久蔵は眉をひそめた。

「はい。かなりの鈍のようです」

和馬は苦笑した。

「うむ。和馬、手練《てだ》れに斬られた傷より、鈍に斬られた傷の方が質《たち》が悪く治りは遅い。柳橋のみんなにも気を付けるように云っておきな……」

久蔵は、厳しい面持ちで告げた。

「心得ました」

和馬は頷いた。

八丁堀北島町の堀割の流れは緩やかだった。

やって来た太市が、眉をひそめて立ち止まった。

着流しの中年の武士が、堀割に架かっている地蔵橋の袂に佇んでいた。

おふみが見掛けた着流しの中年武士……。

太市の勘が囁いた。

よし……。

太市は、物陰に隠れて見守った。

着流しの中年の武士は、堀割沿いにある神崎屋敷を窺っていた。

神崎屋敷は木戸門が開くこともなく、静かだった。

着流しの中年の武士は、百合江が出て来るのを待っている……。

太市は睨んだ。

僅かな刻が過ぎた。

八丁堀の組屋敷に暮らす者たちが、地蔵橋の袂に佇む着流しの中年の武士を胡散臭そうに一瞥して行き交った。

着流しの中年の武士は、腹立たしげに小石を堀割に蹴り込んだ。そして、神崎屋敷を一瞥して南茅場町に向かった。

何処の誰か見届ける……。

太市は追った。


本郷西竹町の武家屋敷街は、小旗本や御家人たちの暮らす小さな連なりだった。

勇次と新八は、黒田泰之進の屋敷を探した。

百石取りの黒田泰之進の屋敷からは、赤ん坊の泣き声が洩れていた。

「此処ですね……」

新八は、黒田屋敷を眺めた。

「うん……」

勇次は、黒田屋敷の様子を窺った。

黒田屋敷は木戸門を閉じ、赤ん坊の泣き声と小さな子供たちの遊ぶ声が聞こえた。

「子供が多いようですね」

新八は読んだ。

「ああ……」

勇次は辺りを見廻し、斜向いの屋敷の門前を掃除する下男に近付いた。

「ちょいとお尋ねしますが……」

勇次は、下男に懐の十手を見せた。

「こりゃあ、何ですか……」

下男は、勇次と新八に怪訝な眼を向けた。

「そこの黒田さま、お子さまが多いようですね」

「ええ。上は十歳から赤ん坊迄、五人のお子さまがおいでになりますよ」

下男は微笑んだ。

「へえ、五人ですか……」

「ええ。みんな素直な元気な御子たちで、黒田さまと御新造さまの躾《しつけ》が良いんですよ」

「じゃあ、黒田さまは厳しい御方なのですか」

「いいえ。御子たちに学問を教え、畑を作り、子守りをされて、そりゃあ子煩悩な穏やかな方で、手前どもにも気軽に声をお掛け下さいますよ」

「じゃあ、遊び人が出入りしているような事はありませんか……」

新八は尋ねた。

「遊び人……」

下男は、思わず訊き返した。

「ええ。派手な半纏を着た……」

「そんな者が出入りするような御屋敷じゃありませんよ」

下男は笑った。

「そうですか……」

「黒田さまがどうかされたんですか……」

下男は眉をひそめた。

「いいえ。どうやら黒田さま違いのようです」

勇次は苦笑した。

黒田屋敷の木戸門が開き、若い父親が五歳と三歳程の子供の手を引いて出て来た。

「これは黒田さま……」

下男は声を掛けた。

「やあ。藤吉《とうきち》、今日も良い天気だな」

黒田は、下男に明るい声を掛け、両手に子供を連れて賑やかに出掛けて行った。

「黒田さまだよ。近くの寺の境内で子守りのようだ……」

下男は、微笑んで見送った。

「勇次の兄貴……」

「ああ、どうやら、もう一人の黒田だな……」

勇次は、御弓町の黒田精一郎の屋敷に行く事にした。

着流しの中年の武士は、神田川沿いの柳原の通りに出た。

太市は尾行した。

着流しの中年の武士は、尾行者は勿論、辺りを警戒する様子もなく進んだ。

楽な尾行だ……。

太市は、微かな戸惑いを覚えながら尾行た。

着流しの中年の武士は、神田川に架かっている新シ橋を渡って向柳原《むこうやなぎわら》の通りに進んだ。

太市は追った。

向柳原の通りは下谷に続き、三味線堀があり、大名や旗本の屋敷が多くあった。

着流しの中年の武士は、対馬藩江戸上屋敷と秋田藩江戸上屋敷の間の道を西に曲がった。

太市は尾行た。

着流しの中年武士は、通りを進んで連なる旗本屋敷の一軒に入った。

太市は見届けた。

如何に楽な尾行とは云え、長丁場の緊張は太市に大きな溜息を吐かせた。

さあて、屋敷の主は着流しの中年武士なのか……。

太市は、屋敷を見廻した。

本郷御弓町の黒田精一郎の屋敷は、静けさに覆われていた。

「此の御屋敷ですね」

「うん……」

新八と勇次は、黒田屋敷を窺った。

殺された遊び人の友造が使い走りをしていた〝本郷の黒田〟が西竹町の黒田泰之進でないなら、御弓町の黒田精一郎しかいない。

「よし、屋敷は俺が見張る。新八は、黒田精一郎がどんな侍か聞き込んで来い」

勇次は命じた。

「合点です」

新八は、聞き込みに走った。

勇次は辺りを見廻し、黒田屋敷を見張る場所を探した。

白崎恭之助《きようのすけ》は、二百石取りの御家人で小普請組だった。

太市は、辺りに聞き込みを掛けて着流しの中年の武士の名を知った。

此迄だ……。

太市は、神崎屋敷を見張っていた着流しの中年の武士が何処の誰か突き止め、八丁堀に帰る事にした。

旗本屋敷の中間部屋の武者窓からは、黒田精一郎の屋敷の木戸門が見えた。

勇次は、旗本屋敷の中間に金を握らせ、中間部屋を見張り場所に借りた。

「で、評判はどうなんだ。黒田精一郎……」

勇次は、聞き込みを終えて来た新八に尋ねた。

「そいつなんですがね。黒田精一郎、五年前に奥さまを病で亡くして以来、善助って下男と二人暮らしでして。近所の者とは余り付合いもないそうで、人柄を良く知る者はいませんね」

新八は眉をひそめた。

「そうか。此処の中間によると、黒田精一郎、背が高くて物静かな人だそうだぜ」

「へえ。そんな人が遊び人の友造を使いっ走りにするんですかね」

新八は、微かな戸惑いを過ぎらせた。

「うん。ま、暫く見張ってみるさ」

「はい……」

勇次と新八は、斜向いの黒田屋敷を見張った。

秋山屋敷の夕餉《ゆうげ》は、主の家族と奉公人が一緒の賑やかなものだった。

それは、久蔵が一人で暮らしていた時、下男の与平お福《ふく》夫婦と共に食べていた時からの家風と云える。

大助は、妹の小春に嫌味を云われながらも飯のお代りを続けていた。

久蔵は、夕食を終えて自室に戻った。

燭台の火は、付けられたばかりで瞬いた。

「旦那さま、お茶をお持ち致しました」

太市が茶を持って来た。

「おう……」

久蔵は、太市を迎えた。

太市は、久蔵に茶を差し出した。

「して太市、話は何だ……」

久蔵は、太市が話があって茶を持って来たと読んでいた。

「はい。実は神崎百合江さまの事で……」

「神崎百合江どの……」

久蔵は眉をひそめた。

「はい……」

太市は頷いた。

「よし。話してみな」

久蔵は茶を飲み、太市を促した。

「はい……」

太市は話を始めた。

おふみが、神崎屋敷から出て来る着流しの中年の武士を見た事……。

百合江が本郷御弓町の黒田屋敷を訪れたのを大助が見届けた事……。

そして、神崎屋敷を見張る着流しの中年の武士が三味線堀近くに住む御家人の白崎恭之助だと分った事などを告げた。

「して、太市はその白崎恭之助が百合江どのを見張っていると云うのか……」

「おそらく。見張っているのは、和馬の旦那が御役目に就いている時ですので……」

太市は読んだ。

「成る程。して、どう云う奴なんだ。白崎恭之助って奴は……」

「気が短くて疑り深そうなんですが、後を尾行る者や辺りを警戒する事のない奴です」

太市は苦笑した。

「そんな奴か……」

久蔵は苦笑した。

「はい……」

「その白崎恭之助が和馬の屋敷、百合江どのを見張っているか……」

「はい……」

「して、百合江どのは本郷御弓町の黒田と云う御家人の屋敷を訪れているのだな」

「はい。大助さまの話では、黒田屋敷に四半刻程いて帰って来たそうです」

太市は告げた。

「そうか。して、大助には……」

「余計な真似なのかもしれないので、此迄だと……」

「それで良い。太市、明日から和馬の屋敷に白崎恭之助が現れるかどうか見張れ」

「はい……」

「そして、白崎恭之助が何を狙っているのか突き止めろ」

久蔵は命じた。


「何、遊び人の友造、殺された日の夜、侍と一緒にいた……」

幸吉は眉をひそめた。

「ああ。神田明神門前町の盛り場で見掛けた者がいたよ」

雲海坊は告げた。

「そうか。で、その一緒にいた侍、名前は分るのか……」

「いや。そこ迄は分らないが、着流しの中年の侍だったそうだぜ」

「友造を使いっ走りに使っている本郷の黒田って御家人かな……」

「かもしれないが、柳森稲荷の空地で友造を殺した野郎に間違いはないだろう」

雲海坊は読んだ。

「ああ。きっとな……」

幸吉は頷いた。

本郷の黒田は、使いっ走りの友造に不都合な事を知られて殺したのかもしれない。

幸吉は想いを巡らせた。

本郷御弓町の武家屋敷街は、御役目に就いている者の出仕の刻限も過ぎ、静けさに覆われた。

勇次と新八は、旗本屋敷の中間部屋の窓から斜向いの黒田屋敷を見張り続けた。

昼が近付いた。

黒田屋敷の門が開き、着流しの武士が下男に見送られて出て来た。

「ちょいと済まないが、見てくれ」

勇次は、中間を呼んだ。

「黒田精一郎さんかな……」

勇次は、塗笠を被って出掛けて行く着流しの武士を示した。

「ああ。黒田精一郎さまだぜ」

中間は頷いた。

「そうか。新八……」

勇次は、新八を促して中間部屋を出た。

黒田精一郎は、塗笠を目深に被って本郷の通りに向かった。

何処に行く……。

勇次と新八は追った。

本郷の通りは多くの人が行き交っていた。

黒田精一郎は、本郷の通りを北に進んだ。

勇次と新八は尾行た。

黒田は、尾行る者や周囲に気を配り、油断のない足取りで進んだ。

「新八、手強そうだ。別れて尾行るぜ」

「承知……」

勇次と新八は、別々に尾行る事にした。


八丁堀北島町の組屋敷街は、南北両町奉行所の役目に就いている者の出仕や掃除洗濯の時も終わり、通りから人影は消えて静けさが訪れていた。

太市は、秋山屋敷の仕事を済ませ、北島町の神崎屋敷に急いだ。
堀割に架かっている地蔵橋に差し掛かった時、神崎屋敷の木戸門が開いた。
太市は、咄嗟に物陰に隠れた。
百合江が木戸門から現れ、風呂敷包みを持って足早に南茅場町に向かった。
出掛ける……。
太市は、追い掛けようとした。
その時、路地から着流しの中年の武士が現れ、百合江を追い始めた。
白崎恭之助……。
太市は、着流しの中年の武士が白崎恭之助だと見定め、懐の萬力鎖《まんりきぐさり》を握り締めた。
百合江は足早に進んだ。
白崎恭之助は尾行した。
太市は、百合江と白崎の様子を窺いながら続いた。

三

本郷の通りを進み、追分から東の道を行くと根津権現裏の曙の里になる。

黒田精一郎は、曙の里から谷中天王寺《てんのうじ》に出た。

勇次と新八は、前後を入れ替わったり、二人連れになったりして慎重に尾行した。

黒田は谷中の天王寺門前を通り、芋坂《いもざか》に進んだ。

新八は読んだ。

「行き先、根岸の里のようですね」

「ああ……」

勇次は頷いた。

根岸の里は東叡山寛永寺の北陰にあり、幽趣あって粋人たちが暮し、大店や武家の隠居などの別宅があった。

黒田は、芋坂を降りて根岸の里に入り、石神井用水《しやくじい》沿いを進んだ。

勇次と新八は尾行た。

石神井用水で遊ぶ水鶏《くいな》の鳴き声が響いた。

日本橋川に架かっている日本橋は、多くの人々が賑やかに行き交っていた。

百合江は、日本橋を渡って神田八ツ小路に向かった。
白崎恭之助は尾行た。
太市は追った。
百合江は、本郷御弓町の黒田精一郎の屋敷に行くのか……。
太市は、百合江の行き先を読んだ。
百合江は、日本橋から続く通りを進んで神田八ツ小路に出た。
神田八ツ小路は賑わっていた。
百合江は、神田川に架かっている昌平橋に向かった。
そして、昌平橋を渡ろうとした時、湯島の学問所の方から来た大助に気が付いた。
百合江は、慌てて昌平橋の袂によって背を向けた。
大助は、百合江に気が付かずに通り過ぎた。
百合江は、振り向いて見送った。
大助は、白崎恭之助と擦れ違って行く。
白崎恭之助……。

百合江は気が付き、息を呑んだ。

白崎に尾行られていた。

百合江は狼狽えた。

そして、昌平橋を渡らずに足早に柳原の通りに進んだ。


白崎は、柳原通りに百合江を追った。

太市は走った。

「太市さん……」

大助は、柳原通りに向かって走る太市に気が付き、行く手を見た。

百合江が柳原通りを行き、着流しの中年の武士が追っていた。

百合江さま……。

大助は走った。


白崎恭之助は、百合江に追い縋ってその手を摑んだ。

「何をします。離しなさい……」

百合江は、狼狽えながらも厳しく命じた。

「何処だ。志乃は何処にいるのだ……」

白崎は、必死な面持ちで百合江に尋ねた。

「何度も申しているように存じません。私は知りません」

百合江は、白崎の手を振り払った。

「おのれ。惚けると容赦はせぬぞ」

白崎は、百合江に摑み掛かった。

刹那、太市が猛然と駆け寄って来て白崎に体当たりした。

白崎は倒れ、土埃を舞い上げた。

「太市さん……」

百合江は、太市に気が付いた。

「大丈夫ですか、百合江さま……」

太市は、百合江を後ろ手に庇った。

「おのれ、下郎……」

白崎は立ち上がり、怒りに震えて刀を抜いた。

「やるか……」

太市は、白崎を見据えて萬力鎖を構えた。

白崎は怯んだ。

「助太刀します」

大助が現れ、白崎に向かって刀の柄《つか》を握り締めた。

「お、おのれ……」

白崎は、悔しげに吐き棄てて身を翻《ひるがえ》した。

大助は、安堵の吐息を洩らした。

「大助さま……」

「学問所の帰りです。偶々です」

大助は、慌てて言い繕《つくろ》った。

「そうですか、で、百合江さま、お怪我はありませんか……」

太市は尋ねた。

「ええ。お陰さまで助かりました」

百合江は、太市と大助に礼を述べた。

「今の侍、知っている奴ですか……」

太市は眉をひそめた。

「えっ。いいえ。通りすがりにいきなり……」

百合江は、視線を逸らして首を横に振った。

行き先は知られたくない……。

太市は、百合江の胸の内を読んだ。

「そうですか。もし、どちらかにお出でになるならお供しますが……」

太市は告げた。

「えっ。いいえ。用を終えて帰る処です」

百合江は言い繕った。

何処かに行くのを諦めた……。

太市は読んだ。

「そいつは良い。じゃあ、送りますよ。ねえ、太市さん……」

大助は笑った。

「大助さま、手前はちょいと用がありますので、百合江さまをお願いします」

「えっ……」

「じゃあ、百合江さま。大助さまと一緒にお帰り下さい」

「は、はい……」

百合江は頷いた。

「じゃあ、帰りましょう。百合江さま……」

大助は張り切った。

「はい。じゃあ、太市さん……」

百合江は、太市に会釈をして大助と一緒に帰って行った。

百合江は、何処かに行こうとしていた。

「志乃は何処にいる……」

太市は、白崎が百合江を問い詰めていた言葉を辛うじて聞いていた。

白崎は、志乃と云う名の女を捜している。

百合江は、その志乃の居場所を知っている。

白崎は、そう睨んで百合江を見張り、聞き出そうとしている。

今日、百合江は志乃の処に行こうとしたのだ。だが、白崎に尾行られているのに気が付き、思い止まった。

太市は読んだ。

志乃とは何者なのだ……。

白崎恭之助は、三味線堀近くの屋敷に戻ったのか……。

太市は、見届けようと三味線堀に行く事にした。

石神井用水のせせらぎは煌めいていた。

勇次は、時雨《しぐれ》の岡の御行《おぎよう》の松の陰から石神井用水傍の家を見張っていた。

石神井用水傍の家は高い垣根を廻しており、黒田精一郎は入ったままだった。

「勇次の兄貴……」

新八が、聞き込みから戻って来た。

「どうだった……」

「黒田精一郎の入った家、お侍の御隠居夫婦が住んでいる家だそうですよ」

新八は、石神井用水の流れの傍の高い垣根に囲まれた家を眺めた。

「お侍の御隠居夫婦……」

勇次は眉をひそめた。

「ええ。何でも元は剣術道場の主で、息子さんに代を譲った御隠居だそうですよ」

「へえ。じゃあ、老剣客って奴か……」

「ええ。黒田精一郎とどんな拘りなんでしょうね……」

新八は眉をひそめた。

「うん。ひょっとしたら剣術の師匠と弟子って奴かもしれないな」

勇次は読んだ。

黒田精一郎は、根岸の里に隠居した老剣客と老妻を訪れたのだ。

石神井用水の流れは西日に輝き、高い垣根に囲まれた家は静かだった。


三味線堀は夕陽に輝いた。

太市は、白崎屋敷を窺った。

白崎屋敷は表門を閉めていた。

白崎恭之助は、帰って来ているのか……。

太市は窺った。だが、白崎屋敷からは人の声は勿論、物音も聞こえなかった。

白崎が口走った〝志乃〟とは誰なのか、どんな拘りのある者なのか……。

そして、白崎の身辺にいるのかどうかだ。

よし……。

太市は、白崎恭之助について聞き込む事にした。

日は暮れた。

秋山屋敷は表門を閉じ、大助が握り飯を食べながら門番所に詰めていた。

潜り戸が叩かれた。

「何方《どなた》です」

「太市です」

「お帰りなさい」

大助は、潜り戸を開けた。

太市が入って来た。

「百合江さまは無事に送りましたか……」

太市は笑い掛けた。

「ええ……」

大助は、胸を張って笑顔で頷いた。


夕餉は終わっていた。

久蔵は部屋に引き取り、香織、小春、おふみは台所で夕餉の片付けをしていた。

「只今戻りました」

太市は、勝手口から帰って来た。

「お帰りなさい……」

小春は、笑顔で迎えた。

「お前さん……」

おふみは、用意してあった濯《すす》ぎを出した。

「うん。おふみ、旦那さまは……」

太市は、濯ぎで足を洗いながら尋ねた。

「太市、旦那さまが夕餉を済ませてから部屋に来いとの事ですよ」

香織は微笑んだ。


「大助に聞いたが、百合江どのを襲ったのは白崎恭之助か……」

久蔵は、訪れた太市に尋ねた。

「はい。白崎さまは出掛けた百合江さまの後を追い、行き先を突き止めようとしましたが、昌平橋の袂で気付かれ、ある事を無理矢理に聞き出そうとして……」

「騒ぎになったか……」

久蔵は苦笑した。

「はい。それで、尾行ていた手前と、偶々来合わせた大助さまが……」

「うむ。して、白崎は百合江どのから何を聞き出そうとしたのだ」

「志乃さまの居場所です」

「志乃……」

久蔵は眉をひそめた。

「はい。それで、白崎さまの屋敷の周囲の者に聞き込んだ処、志乃さまは白崎恭之助さまの奥さまだそうです……」

太市は、聞き込んだ事を報せた。

「白崎の妻……」

「はい……」

太市は頷いた。

「じゃあ何か、白崎恭之助は自分の妻を捜していて、百合江どのにその居場所を訊いているのか……」

久蔵は、微かな戸惑いを過ぎらせた。

「はい。白崎さまは百合江さまが妻の志乃さまの居所を知っていると……」

「太市はどう見る」

「百合江さまは、白崎さまとの騒ぎの後、家に帰ると仰いました。きっと、志乃さまの処に行くつもりだったのじゃあないかと……」

　太市は睨んだ。

「ならば、百合江どのは白崎志乃の居所を知っているか……」

「はい……」

「うむ。おそらく太市の睨み通りだろう。そうか、白崎恭之助、妻の志乃に逃げられ、捜しているか……」

「はい。ですが、分らないのは百合江さまと志乃さまの拘りです」

　太市は眉をひそめた。

「よし。その辺の処は和馬に訊いてみるか……」

　久蔵は頷いた。

「旦那さま……」

　香織がやって来た。

「入れ……」

「そろそろ、お話も終わりかと……」

　香織とおふみが酒と肴を持って来た。

「うむ。良い睨みだ……」

久蔵は苦笑した。

「お呼びですか……」

和馬は、久蔵の用部屋にやって来た。

「うむ。遊び人の友造殺し。その後、どうなっている」

久蔵は尋ねた。

「はい。友造を使いっ走りにしている本郷の黒田は、御弓町に住んでいる黒田精一郎だと分りましたが……」

「御弓町の黒田精一郎……」

久蔵は眉をひそめた。

「ええ。ですが、勇次たちの話では、隙のない男だそうでしてね。となると、友造の背を何度も斬るような未熟な腕ではないかと……」

和馬は読んだ。

「そうか。処で和馬、白崎志乃と云うおなごを知っているか……」

「は、はい。百合江が娘の頃から仲良くしている者ですが……」

「夫の白崎恭之助から逃げているようだな」

「秋山さま……」

和馬は戸惑った。

「で、白崎は百合江どのが志乃の居場所を知っていると睨み、和馬の組屋敷を見張ったり、百合江どのの後を尾行たりしている」

久蔵は、厳しい面持ちで告げた。

「そんな……」

和馬は驚いた。

「和馬、知っている事を聞かせて貰おう」

「秋山さま、白崎恭之助は御役目に就きたい一心で、志乃どのに上役である小普請組支配の夜伽《よとぎ》をしろと命じたそうです」

「何だと……」

「それで、志乃どのが断わると、殴る蹴るの狼藉《ろうぜき》を働き……」

「志乃は白崎屋敷から逃げ出したか……」

「はい。で、実家にも戻らず、姿を隠し、何処に逃げたのかは、百合江も知らないそうでして……」

「和馬、そいつは違う。百合江どのは志乃の居場所を知っているし、どうやら黒田精一郎とも知り合いのようだ」

「えっ……」

和馬は眉をひそめた。

「和馬、白崎夫婦の一件、遊び人の友造殺しと拘りがあるようだ」

久蔵は睨んだ。


太市は、白崎屋敷を見張った。

饅頭笠を被った托鉢坊主が、経を読みながらやって来た。

雲海坊さん……。

太市は気が付いた。

「やあ、太市。御苦労さん。あそこが白崎の屋敷か……」

雲海坊は、白崎屋敷を眺めた。

「ええ……」

太市は頷いた。

「秋山さまからうちの親分に報せがあってな」

「そうでしたか……」

「うん。後は引き受けたよ」

雲海坊は笑った。

白崎屋敷から白崎恭之助が出て来た。

太市と雲海坊は、物陰に素早く隠れた。

白崎は、暗い眼で辺りを見廻して吐息を洩らし、重い足取りで下谷に向かった。

「野郎が白崎恭之助か……」

「ええ……」

太市と雲海坊は、白崎を追った。


勇次と新八は、本郷御弓町の黒田精一郎の屋敷を見張り続けていた。

昨日、黒田精一郎は根岸の里の老剣客の隠居家から真っ直ぐ屋敷に戻った。

今日、黒田精一郎に出掛ける気配は窺えなかった。

「出掛ける気配、ありませんね」

新八は焦《じ》れた。

「ああ。よし、新八、黒田は俺が見張る。お前は根岸の里に行ってみな」

勇次は告げた。

「根岸の里、黒田が昨日行った老剣客の家ですか……」

「ああ。昨日、黒田は何しに行ったのか、どうも気になってな」

勇次は眉をひそめた。

「分りました。じゃあ、一っ走り行って来ますか……」

「ああ……」

勇次は頷いた。


八丁堀北島町の組屋敷街は静かだった。

和馬は、堀割沿いの己の組屋敷と地蔵橋を窺った。

組屋敷や地蔵橋の付近に不審な者はいない。

和馬は見定め、己の組屋敷に急いだ。


百合江は、不意に帰って来た和馬を微笑んで迎えた。

「秋山さまから聞いたよ」

和馬は笑い掛けた。

「はい……」

百合江は、覚悟をしていたように頷いた。

「仔細を話して貰おうか……」

「はい。黙っていて申し訳ございません。志乃さんは、白崎恭之助さまの許を逃れ、本郷御弓町の黒田精一郎さまの御屋敷に逃げ込んだのです」

「志乃さんと黒田精一郎はどんな拘りなのだ」

「お互いの初恋の相手《ひと》なのです……」

「初恋の相手……」

「はい。ですがその後、志乃さんも黒田さまも親の決めた方と一緒になられたのです。そして、黒田さまは奥さまを病で亡くされ、ずっと独り身で……」

「成る程、それで御弓町の黒田の屋敷に逃げ込んだのか……」

「はい。志乃さんは自害を覚悟していました。私は、ならば黒田さまに一目御目に掛かってからにしろと勧めたのです」

「それで志乃さんは黒田の屋敷に行き、白崎は友の百合江が知っている筈だと此処を見張ったり、尾行たりしたのか……」

「はい。黒田さまは、人を使って秘かに白崎さまを調べさせ、志乃さんを他の場所に移したのです」

「人を使って白崎を調べ、志乃さんを他の処に……」

和馬は眉をひそめた。

四

本郷北ノ天神真光寺前の茶店では、参拝や墓参りを終えた者が茶を飲んでいた。

白崎恭之助は、茶店の前を通って御弓町に向かった。

雲海坊と太市は尾行た。

「野郎、御弓町の黒田精一郎の屋敷に行くつもりですぜ」

太市は読んだ。

「ああ。何しに行くのか……」

雲海坊は頷いた。

白崎は重い足取りで進み、雲海坊と太市は尾行た。

御弓町の黒田屋敷は、勇次が向い側の旗本屋敷の中間部屋から見張り続けていた。

やって来た着流しの武士が立ち止まり、黒田屋敷を見上げた。

誰だ……。

勇次は緊張した。

着流しの武士は、黒田屋敷の周囲を彷徨《うろつ》き始めた。

雲海坊と太市が追って現れた。

勇次は、二人に気が付いて素早く旗本屋敷の中間部屋を出た。


「雲海坊さん、太市さん……」

勇次は、雲海坊と太市に駆け寄った。

「おう……」

雲海坊と太市は、勇次に気が付いた。

「何者ですか……」

勇次は、白崎を示した。

「御家人の白崎恭之助だ……」

雲海坊は告げた。

「白崎恭之助……」

「はい。逃げた女房を追って、和馬の旦那の御新造、百合江さまを見張り、尾行廻している野郎です」

太市は、分っている事を手短に教えた。

白崎恭之助は、物陰に潜んで黒田屋敷を見張り始めた。

「白崎恭之助、何をしようってんですかね」

勇次は、太市の話を聞き終えて白崎恭之助を見据えた。

「野郎、黒田精一郎に逃げた女房の居場所を訊き出そうって魂胆かもな」

雲海坊は苦笑した。

刻が過ぎた。

白崎恭之助は、物陰を出て強張った面持ちで黒田屋敷に進んだ。

何をする……。

雲海坊、太市、勇次は見守った。

白崎は、黒田屋敷の閉められた門を勢い良く叩こうとした。

だが、思い止まった。

白崎は、黒田屋敷を悔しげに一瞥して身を翻した。

どうした……。

雲海坊、太市、勇次は戸惑った。

白崎は、黒田屋敷から足早に立ち去った。

「じゃあな、勇次……」

雲海坊と太市は勇次を残し、足早に立ち去る白崎を追った。


白崎恭之助は、北ノ天神真光寺門前の茶店の縁台に腰掛けて亭主に茶を頼んだ。

雲海坊と太市は見守った。

白崎は、緊張した面持ちで辺りを窺って息を整えた。

「お待たせ致しました」

茶店の亭主は、白崎に茶を運んだ。

白崎は、運ばれた茶を勢い良く飲んで噎せ返った。

「どうしたんですかね」

太市は眉をひそめた。

「白崎の野郎、怖じ気づいたんだぜ……」

雲海坊は笑った。

根岸の里には微風が吹き抜け、小鳥の囀《さえず》りに覆われていた。

新八は、時雨の岡の御行の松の陰から石神井用水の傍にある家を眺めた。

老剣客と老妻の住む家は、庭や縁側が陽差しに溢れていた。

新八は見張った。

僅かな刻が過ぎた。

年増が洗濯物を持って現れ、庭の物干しに干し始めた。

住んでいるのは、老剣客とその老妻だけの筈だ。

ならば年増は誰なのだ……。

見た処、女中などの奉公人ではなく、武家の妻女のようだ。

新八は、洗濯物を干している年増を見守った。

水鶏の鳴き声が甲高く響いた。


白崎恭之助は、三味線堀近くの屋敷に戻って門を固く閉めた。

雲海坊と太市は見届けた。

「白崎恭之助、奥さまを殴り蹴り、百合江さまを見張ったり、尾行たりする癖に、黒田精一郎が相手となると尻尾を巻くような野郎だって事ですか……」

太市は苦笑した。

「ああ。卑怯未練な臆病者だぜ……」

雲海坊は、嘲りを浮かべた。


木洩れ日は煌めいた。

「そうか。志乃と黒田精一郎は互いの初恋の相手なのか……」

久蔵は、小さな笑みを浮かべた。

「はい。それで志乃どのが白崎家を出て自害しようとし、百合江が思い止まらせる為に黒田の許に連れて行ったそうです」

和馬は告げた。

「それで、志乃は自害を思い止まったか……」

「はい、で、黒田は白崎の身辺を秘かに調べさせた……」

「調べたのが、黒田の使いっ走りをしていた遊び人の友造か……」

久蔵は読んだ。

「はい。で、白崎が気が付き、友造を問い詰めて殺した……」

和馬は睨んだ。

「うむ。おそらくその辺だろうな」

久蔵は頷いた。

「はい……」

「して和馬、志乃は御弓町の黒田の屋敷にいるのか……」

「いえ。黒田が既に根岸の里の知り合いの家に移したそうです」

「根岸の里……」

「はい。何でも黒田の剣術の師匠の家だそうです」

「志乃は剣術の師匠の家か……」

「はい……」

「そいつは安心だな」

久蔵は頷いた。

「はい。如何に隠居とは云え、鈍な白崎恭之助など足許にも及ばないでしょう」

和馬は苦笑した。

「よし。和馬、そろそろ黒田精一郎に逢ってみるか……」

久蔵は笑った。

「年増……」

勇次は眉をひそめた。

「ええ。あの家は剣術使いの年寄りとおかみさんの二人暮らしだと思ったんですがね。今日は年増がいたんですよ」

新八は首を捻った。

「年増なあ……」

「ええ。あっ、勇次の兄貴……」

新八は、武者窓の外に見える黒田屋敷を示した。

塗笠を被った着流しの武士が現れ、黒田屋敷の門を叩いた。

「あのお侍……」

「ああ……」

勇次と新八は、戸惑った面持ちで着流しの武士を見詰めた。

着流しの武士は、塗笠を僅かに上げて振り返った。

久蔵だった。

「やっぱり秋山さまだ……」

勇次と新八は知った。

久蔵は小さく笑った。

「粗茶にございます」

下男の善助は、久蔵に茶を出して退いた。

「うむ……」

「主は直ぐに参ります」

善助は、一礼して座敷から退いた。

久蔵は茶を飲んだ。

茶は値の張る物ではないが、丁寧に淹れられていた。

久蔵は、黒田家の主の人柄と家風を知った。

「お待たせ致した。黒田精一郎です」

黒田精一郎が入って来た。

「南町奉行所吟味方与力の秋山久蔵です」

久蔵は笑い掛けた。

「はい。して秋山どの、御用とは……」

「それなのだが、過日、遊び人の友造なる者が背中を何度も斬られて殺されまし

ていたとか
てな」

「背中を何度も斬られて……」

黒田は眉をひそめた。

「左様。聞く処によれば、殺された友造、此の屋敷に出入りをしていたとか
……」

「はい……」

「どのような拘りなのかな」

「昔、友造が無頼《ぶらい》の浪人共に殺されそうになった時、助けてやった事がありまし
てね。以来、屋敷に出入りし、何かと便利に働いてくれるようになりました」

「そうでしたか……」

久蔵は頷いた。

遊び人の友造は、黒田を命の恩人として働いていたのだ。

「して秋山どの、友造を殺したのは……」

「おそらく白崎恭之助……」

「やはり……」

黒田は、厳しさを滲ませた。

「心当り、あるのですな」

「はい。拙者は友造に白崎恭之助の人となりと身辺を探るように頼みました。それ故……」

黒田は、後悔を過ぎらせた。

「白崎に気が付かれ、殺されましたか……」

「おそらく……」

「ならば黒田どの、何故に白崎恭之助の人となりと身辺を……」

「秋山どの、それは申せませぬ……」

「黒田どの……」

「お許し下さい」

黒田は、久蔵を見据えて深々と頭を下げた。

志乃の事は、何があっても決して表沙汰にしない……。

久蔵は、黒田精一郎の覚悟を知った。

「そうか……」

「申し訳ございませぬ」

「いや。白崎恭之助が遊び人の友造を手に掛けた理由が分れば、それで良い。造作をお掛け致したな」

久蔵は笑った。

久蔵は、黒田精一郎に見送られて黒田屋敷から出て来た。

「ではな……」

久蔵は、本郷の通りに向かった。

「御役に立てず……」

黒田は、頭を下げて久蔵を見送り、屋敷に戻った。

物陰から勇次と新八が現れ、本郷の通りに向かう久蔵に駆け寄った。

「おう。御苦労だな」

「いえ。で、黒田は……」

勇次は尋ねた。

「おそらく動く……」

久蔵は笑った。

陽は西に傾いた。

黒田屋敷から黒田精一郎が現れ、下男の善助に見送られて本郷の通りに向かった。

「新八……」

「秋山さまの睨み通りですね」

「ああ……」

勇次と新八は、旗本の中間部屋を出た。

黒田精一郎は、本郷の通りを横切って切通《きりどお》しに進んだ。

勇次と新八は追った。

黒田は、切通しで湯島天神の裏を抜け、明神下の通りを横切って尚も東に進んだ。

勇次と新八は追った。

「行き先は三味線堀ですか……」

新八は眉をひそめた。

「ああ。おそらく秋山さまの睨み通りだろう」

勇次は、前を行く黒田の背を見詰めて囁いた。

黒田は、落ち着いた足取りで進んだ。

下谷御成街道、下谷練塀小路《ねりべいこうじ》、御徒町《おかちまち》の通り……。

黒田は、次々に横切って進んだ。

勇次と新八は追った。


白崎屋敷は、夕陽と静寂に覆われていた。

雲海坊と太市は見張った。

白崎恭之助は、本郷御弓町の黒田屋敷から戻ったまま屋敷に閉じ籠っていた。

やって来た武士が、白崎屋敷の前に立ち止まった。

「雲海坊さん……」

太市は、緊張に喉を鳴らした。

「うん……」

雲海坊は眉をひそめた。

武士は、白崎屋敷の門を叩いた。

雲海坊と太市は見守った。

「雲海坊さん、太市さん……」

勇次と新八が、駆け寄って来た。

「おう。勇次と新八が追って来た処をみると、あの侍は黒田精一郎か……」

雲海坊は、門を叩く黒田精一郎を見詰めた。

「ええ……」

勇次は頷いた。

「あっ……」

新八が、思わず戸惑いの声を上げた。

黒田精一郎は、土塀を身軽に乗り越えて白崎屋敷に侵入した。

雲海坊、太市、勇次、新八は、白崎屋敷の門前に走った。

勇次と新八は、門を開けようとした。だが、門には閂《かんぬき》が掛けられていた。

勇次と新八は焦った。

「新八、構わねえ。忍び込んで門を開けな」

久蔵が現れ、新八に門を開けるように命じた。

「合点です」

新八は、土塀の上にあがって白崎屋敷に入った。

「秋山さま……」

「旦那さま……」

「みんな、黒田精一郎は遊び人の友造の恨みを晴らす覚悟だ」

久蔵は告げた。

新八が閂を外し、門を開けた。

久蔵、雲海坊、太市、勇次は、白崎屋敷に踏み込んだ。


黒田精一郎は、刀の柄を握り締めて白崎恭之助に迫った。

「や、止めろ……」

白崎恭之助は、刀を握る手を激しく震わせて後退りした。

「白崎恭之助、御妻女の志乃どのに乱暴狼藉を働き、友造を斬り殺した非道な振る舞い、許し難い。尋常に勝負致せ……」

黒田は、白崎を厳しく見据えた。

「だ、黙れ。志乃は我が妻。拙者がどうしようが勝手だ。それに友造は、下郎の分際で拙者の周りを彷徨き、様々な無礼を働いた故、無礼討ちにした迄だ」

白崎は、嗄れ声を震わせた。

「白崎、何を言い繕おうが最早此迄。おぬしは生かしては置けぬ……」

黒田は、白崎を冷ややかに見据えた。
「く、黒田……」
白崎は、悲鳴のように叫び、黒田に猛然と斬り掛かった。
黒田は、抜き打ちの一刀を一閃した。
甲高い音が鳴り、白崎の刀が庭に弾き飛ばされた。
黒田は、白崎に刀の鋒を突き付けた。
「た、助けてくれ。黒田、俺が悪かった。此の通りだ。助けてくれ」
白崎は、黒田に土下座をして命乞いをした。
「ならば白崎、己の罪を悔い、目付の許に自訴するのだな」
黒田は、冷たく云い放って刀を引き、踵を返した。
次の瞬間、白崎は顔を狡猾に歪め、脇差しを抜いて黒田の背に突き掛かった。
一瞬早く、現れた久蔵が小柄《こづか》を投げた。
小柄は、白崎の肩に突き刺さった。
白崎は仰《の》け反《ぞ》った。
刹那、黒田が振り向き態《ざま》に袈裟懸《けさが》けの一刀を放った。
白崎は、袈裟懸けに斬られて血を飛ばして倒れた。

勇次と新八は、醜く顔を歪めて倒れている白崎に駆け寄り、生死を検めた。

白崎恭之助は絶命していた。

「秋山さま……」

勇次は、首を横に振って白崎恭之助の死を久蔵に報せた。

「うむ……」

久蔵は頷いた。

「秋山どの、お陰で助かりました」

黒田は、刀を鞘に納めて久蔵に会釈をした。

「白崎恭之助、何処迄も卑怯未練な奴だ。それにしても黒田どの、見事な袈裟懸けの一太刀だな……」

久蔵は微笑んだ。

御家人白崎恭之助は、小者友造を斬り殺された主の黒田精一郎に討ち果たされた。

久蔵は、目付の榊原蔵人《さかきばらくらんど》にそう報せた。

評定所は主の死んだ白崎家を取潰し、黒田精一郎にお咎めなしの沙汰を下した。

遊び人の友造殺しは落着した。

久蔵は、用部屋に和馬を呼んだ。

「それで和馬、志乃はどうした……」

久蔵は、和馬に尋ねた。

「はい。百合江の話では、未だ根岸の里にいるそうです」

「そうか。ま、如何に卑怯な外道でも亭主は亭主だ。喪が明ける迄は、その方が良いだろう」

「はい……」

和馬は頷いた。

「そして、何れは黒田精一郎と新しい暮しをな……」

久蔵は微笑んだ。

遊び人殺しの背後には、御家人たちの思わぬ秘密が隠されていた。

庭には木洩れ日が煌めいた。

第四話

逃れ者

一

隅田川はゆったりと流れ、様々な船が行き交っていた。

向島の長命寺《ちょうめいじ》前の土手を下った隅田川の岸辺では、隠居の弥平次《やへいじ》が菅笠《すげがさ》を被って釣り糸を垂れていた。

弥平次の釣竿は撓《しな》り、釣り糸の先には大きな鮒《ふな》が掛かっていた。

「おっ。此奴は大物だ……」

弥平次は相好《そうごう》を崩した。

釣られた鮒は跳ね、水飛沫《みずしぶき》が煌めいた。

弥平次は、鮒を釣針から外して魚籠《びく》に入れ、再び釣り糸を垂れた。

旅人を乗せた猪牙舟が弥平次の釣り糸の先にやって来た。

弥平次は、やって来た猪牙舟を眩しげに眺めた。

猪牙舟には数人の旅人が乗っており、その一人である渡世人《とせいにん》が三度笠を上げて弥平次を見た。

うん……。

弥平次は、渡世人に気が付いた。

見覚えのある顔……。

弥平次がそう思った時、渡世人は三度笠を目深に被って俯いた。

伊佐吉《いさきち》……。

弥平次はそう思った。

猪牙舟は、三度笠を被った渡世人たちを乗せて弥平次の前を通り、隅田川を下って行った。

伊佐吉なのか……。

弥平次は、渡世人たち旅人を乗せて行く猪牙舟を見送った。

渡世人は、弥平次を見て三度笠を目深に被って顔を隠した。

それは、俺を知っているからだ……。

だとしたら、やはり伊佐吉なのかもしれないのだ。

何れにしろ、弥平次を知っている者に間違いないのだ。

弥平次は、手早く釣り糸を巻いて釣竿を片付けた。


南町奉行所の用部屋には、微風が吹き抜けていた。

久蔵は、北町奉行所から廻されて来た書類に眼を通していた。

「秋山さま……」

庭先に小者がやって来た。

「おう。なんだい……」

「柳橋の隠居が目通りを願っています」

小者は告げた。

「柳橋の隠居、弥平次の親分か……」

「はい」

「おお、直ぐに通って貰え」

「はい……」

小者が退り、弥平次が入って来た。

「おう。柳橋の。久し振りだな」

久蔵は、声を弾ませた。

「はい。秋山さまもお変わりなく……」

弥平次は笑った。

「ま。上がってくれ……」

久蔵は、弥平次を用部屋に迎えた。


「そうか。おまきもおたまも変わりはないか……」

久蔵は茶を淹れ、弥平次に差し出した。

「畏《おそ》れ入ります。はい。二人とも息災にしております」

弥平次は告げた。

「して御隠居、今日はどうした……」

久蔵は座った。

「はい。実は昼間、隅田川で釣りをしていて伊佐吉を見掛けました」

弥平次は告げた。

「伊佐吉……」

久蔵は眉をひそめた。

「はい、手前が未だ十手をお預かりしていた頃、指物師《さしものし》の親方の娘を手込めにして死なせた二人の無頼の浪人を殺した指物師の伊佐吉です」

「ああ。御隠居が何とか罪を軽くしてやろうとしたが、逸早く江戸から逃げた奴か……」

久蔵は思い出した。

「はい。その指物師の伊佐吉が江戸に戻って来たようなのです……」

弥平次は眉をひそめた。

「見掛けたのか……」

「はい。隅田川を下って来た猪牙舟に渡世人姿で乗っていました」

「隅田川を下る猪牙舟に渡世人姿でな……」

「はい。それで釣りをしているあっしを見て慌てて三度笠を被り直し、俯きました」

「そいつが指物師の伊佐吉だったか……」

「おそらく……」

弥平次は頷いた。

「そうか……」

「はい……」

弥平次は茶を啜った。

「で、御隠居はどうするつもりだ」

「秋山さま……」

「何とか罪を軽くしてやろうとした伊佐吉だ。見なかった事にしないのかな」

久蔵は笑い掛けた。

「そいつも考えたんですが……」

「お尋ね者は見逃せないか……」

久蔵は、弥平次の腹の内を読んだ。

「気になって。馬鹿な性分かもしれません」

弥平次は苦笑した。

「柳橋の弥平次か。よし、先ずは見掛けた渡世人が本当に指物師の伊佐吉がどうか見定め、もし又何か罪を犯そうとするならば、食い止めてやろうじゃあねえか……」

久蔵は笑った。

「秋山さま、忝《かたじけの》うございます」

弥平次は、久蔵に礼を述べた。

「いや。礼には及ばない……」

久蔵は笑った。

・

柳橋の船宿『笹舟』は、暖簾を夕暮れの微風に揺らしていた。

「指物師の伊佐吉ですか……」

幸吉は眉をひそめた。

「ああ。親方の娘を手込めにして死なせた二人の浪人を殺して逃げた奴だ」

弥平次は告げた。

「ええ。覚えています。そうですか、伊佐吉が舞い戻って来たようですか……」

幸吉は、厳しさを滲ませた。

「ああ……」

「で、秋山さまは……」

「先ずは伊佐吉と見定め、再び罪を犯そうとするならば食い止めろと、な……」

「分りました。じゃあ、明日からみんなで……」

「幸吉、それには及ばない。お前は和馬の旦那の御用があるだろう。先ずは伊佐吉を捜すだけだ」

「でしたら、お義父っつぁん。雲海坊と由松を付けます。二人なら伊佐吉の事を覚えていると思いますので……」

幸吉は告げた。

「雲海坊と由松か……」

「ええ……」

「済まないな。幸吉……」

「いいえ……」

幸吉は笑った。

「お前さん、お父っつぁん。お酒ですよ」

お糸と平次が、酒と肴を持って来た。

「祖父ちゃん。蛸《たこ》だよ、蛸……」

平次は、盆で鉢物を持って来た。

「おう、来たか平次。此処においで……」

弥平次は、相好を崩して平次を膝に抱いた。

「さあ、お父っつあん……」

お糸は、弥平次に酒を勧めた。

「ああ。戴くよ」

弥平次は、平次を膝に抱いてお糸の酌で酒を飲んだ。

「祖父ちゃん、美味しいかい……」

平次は訊いた。

「ああ、平次、美味しい、美味しい……」

弥平次は、ひょっとこ面をして巫山戯《ふざけ》て見せた。

平次は、声を上げて笑った。

「さあ。お義父っつあん……」

幸吉は、弥平次に酌をした。

「平次を膝に抱っこしてお糸や幸吉の酌で酒を飲むか、此奴は極楽だ」

弥平次は、皺《しわ》を深くして嬉しげに笑った。

当時、指物師の伊佐吉は深川六間堀町の甚助《じんすけ》長屋に住んでおり、親方の喜六は本所回向院裏松坂町に住んでいた。

「その渡世人が指物師の伊佐吉なら、親方の喜六さんの処に行くかもしれませんね」

由松は読んだ。

「うん。六間堀町の長屋には、とっくに別の人が住んでるからな……」

雲海坊は頷いた。

「よし。じゃあ、先ずは本所の指物師の親方喜六の家に行き、渡世人が現れたかどうか調べてみるか……」

弥平次は決めた。

本所回向院の境内には墓参りの客が行き交い、幼い子供たちが歓声をあげて走り廻っていた。

弥平次は、雲海坊や由松と回向院の境内を抜けて松坂町に向かった。そして、裏通りに進んだ。

雲海坊と由松は、辺りを窺った。

「どうだ……」

「渡世人も妙な野郎もいませんね」

由松は見定めた。

「よし……」

弥平次は、路地に進んだ。

雲海坊と由松が続いた。


路地の奥には小さな家があり、庭先には指物の材料の様々な板が積まれていた。

そして、家からは板を組み合わせ、金槌で叩く小さな音がしていた。

「喜六の親方、相変わらず仕事をしているようだな」

弥平次は読んだ。

「ええ……」

「よし。由松、路地を見張っていろ。雲海坊、一緒に来い」

「はい……」

由松は物陰に潜み、雲海坊は喜六の家の腰高障子を静かに叩いた。

「おう……」

喜六の嗄れ声がした。

「邪魔するぜ……」

弥平次と雲海坊は、腰高障子を開けて家の中に入った。

土間と続く板の間は作業場になっており、指物師の喜六が二枚の板の角の枘《ほぞ》を組み合わせ、当て木を当てて金槌で叩き込む作業の手を止めていた。

「やあ。達者のようだね。喜六の親方……」

弥平次は笑い掛けた。

「こいつは柳橋の親分さん……」

喜六は、弥平次を覚えていた。

「変わりはないようだね」

「ええ。お陰さまで。その節はいろいろと御世話になりました」

喜六は、弥平次に頭を下げた。

「いや。あっしたちは何もしてあげられなかった。礼は無用ですぜ」

「親分さん……」

「喜六の親方。あっしも十手をお上に返して隠居してねえ」

弥平次は笑った。

「そうですか。ま、お掛け下さい。茶を淹れます」

喜六は、弥平次と雲海坊に框を勧めた。

「そいつはすまないね。雲海坊……」

「はい……」

弥平次と雲海坊は、板の間の框に腰掛けた。

「で、親分さん、今日は何の御用で……」

喜六は、茶を淹れながら尋ねた。

「親方、駆引きなしで訊くが、伊佐吉が来なかったかな」

弥平次は訊いた。

「伊佐吉……」

喜六は、茶を淹れる手を止めた。

「ええ。昨日、伊佐吉らしい渡世人を見掛けてね」

弥平次は、喜六を見詰めた。

「伊佐吉、江戸に舞い戻っているんですか……」

喜六は、呆然とした面持ちで尋ねた。

「きっと……」

弥平次は頷いた。

「そうですか……」

喜六は、茶を淹れて弥平次と雲海坊に差し出した。

「すまないね」

「戴きます」

弥平次と雲海坊は茶を啜った。

「伊佐吉、戻りましたか……」

喜六は、吐息混じりに呟いた。

知らない……。

喜六は、伊佐吉が江戸に舞い戻っているのを知らなかった。

弥平次は睨んだ。

「親方。伊佐吉は、親方の可愛い娘を死に追い込んだ二人の浪人を殺し、恨みを晴らした弟子だ。此処に現れちゃあいないんだね」

弥平次は念を押した。

「はい。で、親分、伊佐吉は何しに江戸に舞い戻ったんですか……」

「そいつが分らない……」

「分らない……」

「ああ。何か悪事に拘わっていなければ良いのだが……」

弥平次は眉をひそめた。

「喜六の親方、うちの親分は伊佐吉が又罪を犯すのを恐れていましてね。もし、何かをしでかそうと云うなら、何としてでも食い止めたいと思っているんですぜ」

雲海坊は告げた。

「親分さん……」

喜六は、弥平次を見詰めた。

「親方、伊佐吉にもう馬鹿な真似をさせちゃあならない。もし此処に現れたら、俺の処に来れば決して悪いようにはしない。そいつが嫌なら、さっさと江戸から出て行きなと、伝えてくれ」

弥平次は微笑んだ。

由松は、物陰に潜んで路地を見張った。

路地には錺職《かざりしょく》、組紐屋、袋物師たちが住んでおり、入って来る者は滅多にいなかった。

指物師喜六の家の腰高障子が開き、弥平次と雲海坊が出て来た。

雲海坊が由松に目配せをした。

由松は頷き、裏通りに向かう弥平次と雲海坊を追った。


「そうですか、伊佐吉、喜六の親方の処には現れちゃあいませんか……」

由松は、路地を眺めた。

「ああ。親方に迷惑を掛けちゃあならないと、家を訪れず、何処かから見ているのかもしれないがな」

雲海坊は読んだ。

「それとも、此から現れるのか……」

弥平次は眉をひそめた。

「ええ。親分。あっしがちょいと見張ってみますか……」

雲海坊は告げた。

「そうか。じゃあ、俺と由松は、伊佐吉の昔馴染を当たってみるぜ」

弥平次は告げた。

「はい……」

雲海坊は頷き、立ち去って行く弥平次と由松を見送った。

「さあて……」

雲海坊は、辺りを見廻して見張り場所を探した。


「そうか。雲海坊と由松を付けたか……」

久蔵は頷いた。

「はい。雲海坊と由松は、伊佐吉の昔の一件を知っていますので……」

幸吉は告げた。

「伊佐吉が江戸に舞い戻ったか……」

和馬は眉をひそめた。

「ま。隠居の見間違いか、良く似た奴かもしれませんが……」

幸吉は、厳しさを過ぎらせた。

「ま、隠居のやる事だ。和馬と幸吉も秘かに伊佐吉を探してみるんだな」

「はい……」

「だが、隠居の腹の内は、お前たちも知っている通りだ」

久蔵は苦笑した。

「はい……」

和馬は頷いた。

「その辺を忘れずにな」

「心得ております」

和馬は微笑んだ。

「秋山さま、和馬の旦那、御造作をお掛けします」

幸吉は礼を述べた。

「なあに、気にするな。俺の腹の内も隠居と同じようなものだぜ」

久蔵は、不敵に云い放った。

二

深川六間堀は、本所竪川と深川小名木川を南北に結んでいる堀割だった。

指物師の伊佐吉は、その六間堀沿いにある六間堀町の甚助長屋に住んでいた。

だが、伊佐吉が親方の喜六の娘を死なせた二人の無頼の浪人を殺して逃げたのは既に昔の事であり、甚助長屋の家にはまったく拘りのない者が住んでいた。

弥平次と由松は、松坂町から本所竪川に架かっている一つ目之橋を渡り、六間堀町の甚助長屋を訪れた。

甚助長屋に伊佐吉が現れた様子はなかった。

弥平次と由松は見定めた。

「御隠居、北森下町の弥勒寺橋の袂に当時の伊佐吉の馴染の飲み屋がありましてね。ちょいと行ってみますか……」

由松は告げた。

「ああ……」

弥平次は頷き、由松と六間堀に架かっている北ノ橋を渡って北森下町の弥勒寺橋に向かった。

弥勒寺橋は六間堀に続く五間堀に架かっており、萬徳山弥勒寺の傍にあった。

由松は、弥平次を誘って弥勒寺橋の袂の飲み屋に向かった。

飲み屋『堀端』は、亭主の幸兵衛《こうべえ》が開店の仕度をしていた。

弥平次と由松は、飲み屋『堀端』とその周囲を窺った。

周囲に不審な者はいなかった。

弥平次と由松は見定め、飲み屋『堀端』に進んだ。

「邪魔をしますぜ。幸兵衛さんは御出でですかい……」

由松は、店の奥の板場に声を掛けた。

「おう……」

奥の板場から亭主の幸兵衛が現れた。

「やあ。幸兵衛さん……」

由松は笑い掛けた。

「えっ、お前さんは……」

幸兵衛は、戸惑いを浮かべた。

「あっしは昔、指物師の伊佐吉の一件でいろいろ御世話になった柳橋の身内の由松ですぜ」

由松は名乗った。

「ああ。あの時の……」

幸兵衛は思い出した。

「ええ。此方は柳橋の弥平次です」

由松は、幸兵衛に弥平次を引き合わせた。

「えっ。柳橋の親分さん……」

「いえ。もう隠居をしましてね。親分じゃありませんぜ」

弥平次は苦笑した。

「そうですか……」

「ええ。その節は由松を始め、身内の若い者が御世話になりまして……」

弥平次は礼を述べた。

「いいえ。で、今日は……」

「他でもない、幸兵衛さん。伊佐吉が現れちゃあおりませんか……」

「伊佐吉が……」

幸兵衛は眉をひそめた。

「ええ……」

弥平次と由松は、幸兵衛の反応を見詰めた。

「さあ、来ちゃあいませんが、伊佐吉が江戸に舞い戻っているんですか……」

幸兵衛は尋ねた。

「いえ。似ている者を見掛けましてね。ひょっとしたらと思いましてね」

弥平次は告げた。

「そうですか。ですが親分、伊佐吉が江戸に舞い戻ったとしても、喜六の親方や知り合いの処に顔を出すとは思えませんよ」

「顔を出すとは思えない……」

「はい。伊佐吉、他人に迷惑を掛けないって奴ですからね。下手に顔を出して面倒に巻き込んじゃあならねえと……」

「そうですか……」

「ええ。伊佐吉、義理堅い律儀者ですからねえ……」

幸兵衛は、懐かしそうに告げた。

「義理堅い律儀者か……」

弥平次は呟いた。


幸吉は、勇次、新八、清吉に江戸の裏渡世に詳しい博奕打ちや地廻りなどに伊佐吉らしい旅の渡世人を見掛けなかったか聞き込むように命じた。

勇次、新八、清吉は、江戸の盛り場に散った。

指物師の喜六は、松坂町の路地奥の家から出る事もなく仕事に励んでいた。

雲海坊は、斜向いの家に住んでいる大年増のおときの家の二階を借り、喜六の家を見張っていた。

大年増のおときは、深川の料理屋の通いの仲居をしていた。

雲海坊は、二階の格子窓から斜向いの喜六の家を見張っていた。

陽は西に大きく傾いた。

路地には様々な物売りが往き来し、おかみさんたちがお喋りをし、幼い子供たちが楽しげに駆け廻った。

何処にでもある路地の風景だった。

雲海坊は見張った。

夕暮れ時、回向院の本堂の大屋根は夕陽に染まった。

雲海坊は、路地の入り口を眺めた。

三度笠に合羽を纏った渡世人が黒い影となり、路地の入り口に佇んでいた。

伊佐吉……。

雲海坊は、階段を駆け降りた。

雲海坊は、おときの家から飛び出して路地の入り口を見た。

いない……。

路地の入り口には、渡世人は疎《おろ》か誰もいなかった。

雲海坊は、路地の入り口に走った。


夕暮れ時の裏通りには、仕事仕舞いをした者や買物帰りのおかみさんが足早に行き交っていた。

雲海坊は、裏通りの左右を眺めた。

三度笠に合羽を纏った渡世人の姿は、何処にも見えなかった。

雲海坊は肩を落し、吐息を洩らした。

夕陽は沈む。


伊佐吉は、何故にお尋ね者として手配されている江戸に舞い戻って来たのか……。

久蔵は読んだ。

伊佐吉は、親方喜六の娘を弄《もてあそ》んで死に追い込んだ二人の無頼浪人を殺し、既に恨みを晴らしている。危険な江戸にわざわざ戻って来る理由はない。しかし、伊佐吉は戻って来たのだ。

何故だ……。

危ない江戸に何しに戻って来たのだ。

金か……。

義理か……。

それとも……。

久蔵は読みを続けた。

日が暮れた。

久し振りに歩き廻った弥平次は、疲れた足取りで向島の隠居家に帰った。

由松は両国橋の東詰に佇み、大川沿いの道を吾妻橋に向かって帰る弥平次を見送った。

「あれ、由松さんじゃありませんか……」

新八が、両国から渡って来た。

「おう、新八か……」

「御隠居さまは……」

「向島にお帰りになったよ」

「そうですか……」

「親分、今日は久し振りの探索で随分と草臥《くたび》れたようだ」

由松は微笑んだ。

「そうですか……」

「で、新八、お前、何をしているんだ」

由松は尋ねた。

「あっ、そいつなんですがね。博奕打ちの寅吉《とらきち》が小梅村にある本所の長次郎貸元の賭場に旅の渡世人がいたって云いましてね」

「旅の渡世人……」

由松は眉をひそめた。

「ええ。親分に云われて博奕打ちや地廻りに聞き込みを掛けていたら、博奕打ちの寅吉がそう云いましてね。これから行ってみようかと……」

「よし。俺も行くぜ……」

由松は、新八と一緒に小梅村の賭場に向かった。

本所の長次郎貸元の賭場は、横川沿いにある小梅村の真盛寺の家作にあった。

由松と新八は、真盛寺の裏門に廻った。

裏門には、博奕打ちの三下たちがいた。

「此処ですね……」

「ああ。入ってみよう」

由松と新八は、三下に博奕打ちの寅吉の名を云って賭場に入った。

賭場は客たちの熱気に満ちていた。

由松と新八は、賭場の次の間に用意されている酒を飲みながら博奕を打つ商人、御家人、遊び人、職人などの客を見守った。

「伊佐吉らしい旅の渡世人、いませんね」

新八は眉をひそめた。

「ああ……」

由松は、茶碗酒を啜った。

「あれ。由松の兄いじゃありませんか……」

博奕打ちの富五郎《とみごろう》が、由松に声を掛けて来た。

「おう。富五郎か、暫くだな……」

「ええ。今日は……」

富五郎は、由松の素性を知っており、辺りをそれとなく見廻した。

「うん。昨夜、此処に旅の渡世人が遊びに来ていたと聞いてな」

「旅の渡世人ですか……」

「ああ、来ていただろう……」

由松は、富五郎を見据えた。

「ええ。昨夜、甲州無宿の銀次《ぎんじ》ってのが来ていましたぜ」

富五郎は囁いた。

「甲州無宿の銀次……」

由松は、思わず訊き返した。

「ええ……」

「由松さん……」

新八は眉をひそめた。

「うん。旅の渡世人、銀次の他には……」

「此処には銀次だけですぜ」

富五郎は告げた。

「銀次だけか……」

「ええ。他の賭場や貸元の処は分りませんがね。ま、此処の処、界隈に旅の渡世人を良く見掛けるようになりましたよ」

「旅の渡世人を良く見掛ける……」

由松は眉をひそめた。

「ええ。噂じゃあ、割下水《わりげすい》の質の悪い奴らが、大身旗本のお供で領地の甲州に行き、乱暴狼藉を働き、随分と領民を泣かせ、恨みを買ったそうでしてね。土地の御大尽が大身旗本と取り巻きの連中の首に賞金を懸け、それで賞金目当ての甲州の浪人や渡世人が随分と来ているって噂ですぜ」

富五郎は、辺りを窺いながら小声で告げた。

割下水は南北があり、本所における小旗本や御家人の組屋敷街を云った。

「へえ、そんな噂があるのか……」

由松と新八は驚いた。

「ええ。昨夜来た甲州無宿の銀次も賞金目当ての渡世人かもしれませんぜ。ですが、所詮は噂ですからね。本当かどうかは良く分りませんが……」

　富五郎は苦笑した。

「そうか。ま、もう暫くいるが、銀次や旅の渡世人が来たら報せてくれ」

　由松は頼んだ。

「分りました」

　富五郎は頷き、熱気に満ちている賭場に行った。

「由松さん、今の話、本当ですかね」

　新八は、首を捻った。

「ま、噂が本当かどうかは分らないが、噂があるのは本当だろうな。明日、幸吉の親分に報せるんだな」

「ええ……」

「何れにしろ、本所界隈の賭場には、旅の渡世人たちが出入りしているようだ」

「じゃあ、伊佐吉も……」

「きっとな……」

　由松は頷き、茶碗酒を啜りながら熱気の溢れる賭場を窺った。

隅田川から吹き抜ける風は、向島の土手の桜並木の枝葉を揺らしていた。

由松は、弥平次とおまきの隠居家を訪れた。

「由松、朝御飯は食べたのかい……」

おまきは、由松の朝飯を心配した。

「はい……」

由松は苦笑した。

「そうかい。じゃあ、お茶を淹れるからね」

おまきは、茶を淹れ始めた。

由松は、本所の賭場に旅の渡世人が出入りしている事と、博奕打ちの富五郎から聞いた噂を弥平次に告げた。

「その賞金の懸けられた御家人の首を狙って、甲州から浪人や渡世人が来ているか……」

弥平次は眉をひそめた。

「はい。もし、噂が本当なら、伊佐吉もその一人なのかもしれません」

由松は読んだ。

「うむ。賞金欲しさかどうか分らないが、御家人たちの乱暴狼藉が本当なら伊佐吉が動いても不思議はないな」

　弥平次は、厳しい面持ちで頷いた。

「ええ。もし、伊佐吉と拘りのある者が御家人たちの乱暴狼藉に遭い、万が一の事でもあったら……」

「付け狙い、江戸迄追って来てでも恨みを晴らすか……」

　弥平次は読んだ。

「はい。噂が本当なら……」

　由松は頷いた。

「うむ。先ずは噂が本当かどうかだな」

　弥平次は茶を啜った。

「はい……」

「それから、三度笠に合羽の渡世人が喜六の親方の家の路地に現れたと、雲海坊から報せがあったぜ」

「伊佐吉ですか……」

「顔は見なかったが、おそらく間違いあるまいとな」

　弥平次は眉をひそめた。

幸吉は、新八から噂を聞いて久蔵に報せた。

「ほう。甲州で大身旗本と取り巻きの御家人が乱暴狼藉を働いたか……」

久蔵は眉をひそめた。

「はい。そして、土地の御大尽が大身旗本と御家人たちの首に賞金を懸け、甲州の浪人や渡世人が動き、江戸に来ている。そう云う噂があるそうです」

幸吉は、久蔵を見詰めて告げた。

「噂か……」

「はい。甲州の噂です」

幸吉は頷いた。

「秋山さま、その甲州の噂、ちょいと調べてみますか……」

和馬は苦笑した。

「ああ。そうしてくれ」

久蔵は頷いた。

指物師の喜六の家からは、組み合わせた枘を嵌め込む金槌の音がしていた。

雲海坊は、斜向いの大年増の仲居の家の二階から喜六の家を見張った。

三度笠に合羽姿の伊佐吉らしい男は、あれから現れていなかった。

伊佐吉は、もう指物師の親方の喜六の許には現れないかもしれない。

雲海坊は読んだ。

喜六の家からは、指物の枘を組み合わせる金槌の音が続いていた。


隅田川は吾妻橋から下流を大川と通称を変え、江戸湊に流れ込んでいる。

弥平次と由松は、向島から吾妻橋の東詰を通り、大川沿いの道を本所松坂町に向かった。

大川には様々な船が行き交っていた。

弥平次と由松は、御竹蔵の前を進んで横網町から回向院に出た。

回向院の境内を抜けると松坂町だ。

弥平次と由松は、松坂町の裏通りにある指物師の喜六の家に向かった。

回向院の境内には、墓参りや散歩に来た者がいた。

「親分……」

由松は、境内を通り抜けて行く半纏を着た男を見て緊張した。

「どうした……」

「伊佐吉です」

由松は、境内を出て行く半纏の男を示した。

「何……」

「追います」

由松は、境内を出て行く半纏の男を追った。

弥平次は続いた。

幼い子供たちが、歓声をあげながら駆け込んで来た。

三

半纏の男は、足早に両国橋に進んだ。

由松と弥平次は追った。

半纏の男は辺りを窺い、振り返って尾行て来る者を警戒した。

伊佐吉……。

「間違いない……」

弥平次と由松は、半纏の男を伊佐吉だと見定めた。

「親分、取り押えますか……」

由松は喉を鳴らした。

「いや。後を尾行て、何をしに江戸に舞い戻ったのか見定める」

弥平次は決めた。

「承知しました。じゃあ、あっしが先に行きます」

「うん……」

弥平次は頷いた。

伊佐吉は、両国橋に上がって両国広小路に向かった。

由松は、慎重に尾行た。

弥平次は、由松に続いた。

両国広小路は見世物小屋や露店が並び、大勢の人で賑わっていた。

伊佐吉は、両国広小路の雑踏を抜けて薬研堀《やげんぼり》に向かった。

由松は尾行た。

薬研堀は大川に続く堀留であり、繋がれた何艘もの船が揺れていた。

伊佐吉は、堀端で行き合わせた酒屋の手代に何事かを尋ね、薬研堀の奥に進んだ。そして、米沢町三丁目の通りに曲がった。

由松は追った。

伊佐吉は、米沢町三丁目の通りにある板塀の廻された仕舞屋の前に立ち止まった。

由松は、物陰に隠れた。

伊佐吉は、仕舞屋の様子を窺って木戸門を潜った。

誰の家だ……。

由松は見守った。

「伊佐吉は……」

弥平次が追って来た。

「あの仕舞屋に入りました」

由松は、板塀に囲まれた仕舞屋を示した。

「あの仕舞屋……」

弥平次は眉をひそめた。

「ええ。誰の家なんですかね」

「女衒《ぜげん》の利兵衛《りへえ》の家だ」

弥平次は、板塀に囲まれた仕舞屋の主を知っていた。

「女衒の利兵衛……」

由松は眉をひそめた。

「ああ……」

弥平次は頷いた。

板塀の木戸門が開き、伊佐吉が足早に出て来た。

「親分……」

「伊佐吉を追ってくれ。俺は女衒の利兵衛に逢い、伊佐吉が何しに来たか訊く……」

「承知……」

由松は、伊佐吉を追った。

弥平次は、女衒の利兵衛の仕舞屋に走った。

「利兵衛はいるかい……」

弥平次は、仕舞屋の奥に呼び掛けた。

「だ、誰だ……」

苦しげな男の声が奥から聞こえた。

「邪魔するぜ」

弥平次は、家の奥に進んだ。

女衒の利兵衛が髷を崩し、口元に血を滲ませて居間にへたり込んでいた。

伊佐吉に締め上げられた……。

弥平次は睨んだ。

「やあ、利兵衛。相変わらず他人様《ひとさま》に恨まれるような真似をしているようだな」

弥平次は、嘲りを浮かべた。

「や、柳橋の親分……」

利兵衛は、弥平次を覚えていた。

「伊佐吉に締め上げられたか……」

弥平次は苦笑した。

「野郎、伊佐吉って云うんですかい……」

利兵衛は、腹立たしげに顔を歪《ゆが》めた。

「ああ。で、伊佐吉、お前に何を訊きに来たんだ」

「親分、隠居したと聞きましたが……」

利兵衛は、狡猾な眼を向けた。

「ああ。だがな、外道《げどう》には拘りのない事だ」

弥平次は、利兵衛を厳しく見据えた。

利兵衛は、怯えを過ぎらせた。

「伊佐吉、お前に何を訊きに来たんだ」

「吉助《きちすけ》って女衒、何処に居るんだって……」

「女衒の吉助……」

「ええ……」

利兵衛は頷いた。

「伊佐吉、女衒の吉助の居所を探していたのか……」

弥平次は眉をひそめた。

「ええ。で、何処の女郎屋に出入りしているんだと……」

「で、利兵衛、何て答えたんだ」

「吉助の家は浅草駒形町、出入りしている女郎屋は根津や谷中の岡場所が多いが、此と云って決まった女郎屋はないと……」

「そうかい。で、吉助、近頃はどんな娘を扱っていたんだ」

「吉助、甲州に行っていた筈ですから、大月、勝沼、石和《いさわ》辺りの水呑《みずのみ》百姓の娘でも連れて来たんじゃあないですか……」

「甲州……」

弥平次は読んだ。

女衒の吉助は、甲州から娘を連れて来た。

伊佐吉は、その吉助と娘を追って甲州から江戸に舞い戻って来た。そして、女衒の吉助と娘を捜している。

弥平次は、伊佐吉が何をしているのかを知った。

両国広小路を抜けた伊佐吉は、神田川に架かっている浅草御門に向かった。

何処に行く……。

由松は尾行た。

伊佐吉は、尾行る者を警戒して時々振り返った。

由松は、その度に素早く隠れた。

警戒は厳しく一人で尾行るのは難しい……。

由松は、伊佐吉の慎重さを知った。

伊佐吉は、浅草御門を渡って蔵前の通りに出た。

蔵前の通りは浅草広小路に続き、途中に公儀米蔵の浅草御蔵、元鳥越町、駒形堂などがある。

浅草に行くのか……。

由松は読んだ。

「由松さん……」

柳橋から勇次がやって来た。

「おう。勇次……」

「野郎を追っているんですか……」

勇次は、由松の視線の先を行く伊佐吉の後ろ姿を示した。

「ああ。お尋ね者の伊佐吉だ……」

「えっ……」

勇次は驚いた。

「御隠居が行き先を突き止めろってな」

「そうですか。じゃあ、あっしが先に行きますぜ」

「そいつは助かるぜ……」

由松は、勇次と交代して後ろに下がった。

勇次は、蔵前の通りを浅草広小路に向かう伊佐吉を尾行た。

由松は、勇次の後に続いた。


「そうか。甲州で大身旗本や取り巻きの御家人が領民たちに乱暴狼藉を働いたって事実はないのか……」

久蔵は苦笑した。

「はい。先日、甲府勤番の親類の処に遊びに行って帰って来た者がおりましてね。その者に訊いた処、半年程いた間、甲州でそんな話は何も聞かなかったそうです」

和馬は苦笑した。

「はい。甲州では借金の返済期限を誤魔化し、形《かた》に娘を年季奉公に出させる騙りが流行っているぐらいだそうですよ」

和馬は告げた。

「返済期限を誤魔化し、娘を年季奉公に出させるだと……」

久蔵は眉をひそめた。

「そうか……」


浅草駒形堂は浅草広小路に近く、蔵前の通りと大川の間にあった。

伊佐吉は、駒形堂裏の家の前に佇んで様子を窺った。

由松と勇次は見守った。

伊佐吉は、家の腰高障子を叩いた。

だが、家の中から返事はなかった。

伊佐吉は、腰高障子を開けようとした。

腰高障子は、中から心張棒《しんばりぼう》が掛けられているのか、開かなかった。

伊佐吉は、辺りを見廻して斜向いの一膳飯屋の暖簾を潜った。

「留守のようだな……」

「ええ。一膳飯屋で帰るのを待つ気ですね」

「ああ……」

「じゃあ、あっしは木戸番に誰の家か訊いて来ます」

「うん。そうしてくれ」

由松は頷いた。

勇次は、木戸番の許に走った。

由松は、一膳飯屋に入った伊佐吉を見張った。


「女衒の吉助……」

勇次は眉をひそめた。

「ああ。余り評判の良い奴じゃあないよ」

老木戸番は、白髪眉をひそめた。

「吉助、評判、悪いんですかい……」

「ああ。尤も評判の良い女衒なんて、聞いた事はないがね……」

老木戸番は苦笑した。

「ええ。で、女衒の吉助、近頃、どんな事をしているのか、分りますかね」

「良く分らないけど。四、五日前に旅から帰って来たようだぜ」

「四、五日前に旅から……」

「ああ。何処かの田舎娘を連れてね……」

「田舎娘……」

「ひょっとしたら、上手い事を云って騙《だま》して連れて来たのかもな……」

老木戸番は、腹立たしげに告げた。

「騙してねえ……」

勇次は、厳しさを滲ませた。

陽は大きく西に傾き、駒形堂の屋根や大川を煌めかせた。

女衒の吉助は、家に帰って来なかった。

伊佐吉は、斜向いの一膳飯屋に入ったまま女衒の吉助の帰りを待った。

由松と勇次は、伊佐吉を見張り続けた。

派手な半纏を着た男が、痩せた浪人とやって来た。

女衒の吉助……。

伊佐吉は、派手な半纏を着た男を女衒の吉助だと見定め、睨み付けた。

女衒の吉助と痩せた浪人は、家の裏手に廻って行った。

伊佐吉は、一膳飯屋から出て来て吉助の家を見据えた。

「どうやら、派手な半纏の野郎が女衒の吉助のようですね」

勇次は、伊佐吉の様子を見てそう睨んだ。

「ああ。間違いねえ……」

由松は、勇次の睨みに頷いた。

僅かな刻が過ぎた。

吉助と痩せた浪人は、家の裏から出て来て蔵前の通りに向かった。

伊佐吉は追った。

「由松さん……」

「ああ。追うぜ……」

由松と勇次は、女衒の吉助と痩せた浪人を尾行る伊佐吉を追った。

女衒の吉助と痩せた浪人は、蔵前の通りを横切って三間町を下谷に進んだ。

伊佐吉は追い、由松と勇次は続いた。

東本願寺前、新寺町……。

女衒の吉助と痩せた浪人は、東叡山寛永寺の東側に出た。

伊佐吉は尾行た。

由松と勇次は追った。


吉助と痩せた浪人は、寛永寺の山下から不忍池に進んだ。

由松と勇次は、伊佐吉を追って上野仁王門前町から不忍池沿いを北に進んだ。

行き先は谷中か……。

伊佐吉は、吉助の行き先を読んだ。

谷中には、富籤《とみくじ》で名高い天王寺《てんのうじ》といろは茶屋という岡場所がある。

女衒の吉助の行き先は岡場所……。

伊佐吉は睨み、女衒の吉助を尾行た。


「どうやら女衒の吉助、いろは茶屋に行く気だな……」

由松は睨んだ。

「ええ。吉助の野郎。四、五日前に何処かの田舎娘を連れて来たそうですから、その辺と拘りがあるのかもしれません」

「ああ。おそらく勇次の睨み通りだろう。伊佐吉もその辺りを見定めようとしているのかもな……」

由松は頷いた。

夕暮れ時。

谷中の岡場所は、連なる女郎屋の籬《まがき》を覗く客で賑わっていた。

女衒の吉助と痩せた浪人は、連なる女郎屋の一軒である『鶯楼《うぐいすろう》』の暖簾を潜った。

伊佐吉は見届けた。

「鶯楼ですか……」

勇次は、伊佐吉の視線の先の女郎屋を見定めた。

「ああ。女衒の吉助と痩せた浪人、鶯楼に入ったんだろう」

「ええ……」

「さあて、伊佐吉が何をするつもりなのか……」

由松は眉をひそめた。

伊佐吉は、女郎屋『鶯楼』の男衆に近付いて何事かを囁き、素早く何かを握らせて暗い路地に誘った。

「鶯楼に探りを入れているようですね」

「ああ。伊佐吉、何を探っているか……」

「ええ……」

伊佐吉は、男衆から離れて裏手に廻って行った。

「由松さん……」

「俺は伊佐吉を追う。勇次は野郎を頼む」

由松は、男衆を一瞥して伊佐吉を追った。

「承知……」

勇次は由松を見送り、男衆に向かった。

「おう。兄い……」

勇次は、笑みを浮かべて男衆に近付いた。

「俺かい……」

男衆は振り返った。

「ああ、ちょいと訊きたい事があってね」

勇次は、一朱銀をちらつかせた。

「なんだい……」

男衆は苦笑した。

勇次は、男衆を暗い路地に誘った。

「なんだい……」

男衆は笑った。

「さっきの奴、何を訊いた……」

勇次は尋ねた。

「えっ……」

「さっさと話しな。さもなければ、此のまま牢屋敷に叩き込んでも良いんだぜ」

勇次は、懐の十手を見せて脅した。

「あ、あいつ、此処二、三日の間に女衒の吉助が甲州から娘を連れて来ただろうと……」

男衆は怯え、声を微かに震わせた。

「で、何て……」

「二日前におすみって十四歳の娘が年季奉公で来て、台所で働いているって……」

「おすみって十四歳の娘……」

勇次は眉をひそめた。

「はい……」

「女衒の吉助が甲州から連れて来た十四歳のおすみだな」

勇次は念を押した。

「は、はい……」

「で、さっきの奴は、そのおすみの事を訊いたんだな……」

勇次は、男衆を厳しく見据えた。

女郎の嬌声と客の笑い声が響いていた。

女郎屋『鶯楼』の台所では、板前や女中たちが忙しく働いていた。
十三、四歳の痩せた娘は、井戸端で水を汲んでは食器や野菜の洗い物をしていた。

「おすみちゃん……」

伊佐吉は、垣根の向こうの路地から見ていた。

伊佐吉は、井戸端で洗い物をしている十三、四歳の痩せた娘を見詰めている。

二人にどんな拘りがあるのか……。

由松は見守った。

四

「それで、伊佐吉はどうしたんだ……」

弥平次は尋ねた。

「はい。深川の木置場の使われていない番小屋に行き、隠れています。今、勇次が見張っています」

由松は告げた。

「そうか。伊佐吉、深川の木置場に隠れ、女衒の吉助が甲州から連れて来た年季奉公のおすみって娘を捜していたか……」

弥平次は、伊佐吉が江戸に舞い戻って来た理由を知った。

「はい。女衒の吉助、どんな手立てでおすみに年季奉公を納得させたのかは知りませんが、真っ当な手立てじゃあないのは確かですよ」

由松は読んだ。

「うん。で、吉助、今は何処にいる」

「谷中の賭場に……」

「よし……」

弥平次は頷いた。

「お前さん……」

おまきが座敷の外にやって来た。

「どうした……」

「和馬の旦那がお見えですよ」

おまきは微笑んだ。

「和馬の旦那が。お通ししな」

弥平次は慌てた。

「やあ。御隠居、変わりはありませんか……」

和馬が入って来た。

「お、お陰さまで。和馬の旦那……」

「今日、来たのは他でもない。知り合いに聞いた甲州の事、御隠居に報せておけと、秋山さまに云われてね」

和馬は笑った。

「和馬の旦那、そいつはわざわざありがとうございます」

弥平次は、嬉しげに微笑んだ。

深川木置場は木場人足たちの仕事も終わり、小鳥の囀りが飛び交っていた。

弥平次は、由松と共に堀割で区画された木置場の奥に進んだ。

木置場の奥、丸太の山の陰に古い番小屋が見えた。

「あの番小屋ですぜ……」

由松は、古い番小屋を示した。

弥平次は眺めた。

「御隠居……」

勇次が丸太の陰から現れ、弥平次と由松の許に駆け寄って来た。

「伊佐吉は……」

由松は訊いた。

「番小屋にいます」

「そうか。よし、伊佐吉に逢うか……」

弥平次は、笑みを浮かべた。

「御隠居……」

「由松、勇次、周りを頼む……」

「承知……」

由松と勇次は頷いた。

「じゃあな……」

弥平次は、由松と勇次を残して番小屋に向かった。

由松と勇次は、番小屋の左右に走った。

弥平次は、番小屋の前に進んだ。

番小屋の中で人の動く気配がした。

伊佐吉が気が付いた……。

「伊佐吉、柳橋の弥平次だ……」

弥平次は、番小屋の前に立ち止まり、伊佐吉に呼び掛けた。

番小屋から伊佐吉が現れた。

「やあ、達者だったか……」

弥平次は笑い掛けた。

「柳橋の親分……」

「伊佐吉、今はもう十手を返して隠居したよ」

「隠居……」

「ああ。で、伊佐吉、危ない江戸に舞い戻って来たのは、女衒の吉助に年季奉公で連れて来られたおすみを連れ戻す為だな」

弥平次は読んだ。

「親分……」

伊佐吉は、弥平次が事の次第を知っているのに狼狽えた。

「良かったら仔細を話してみな」

弥平次は苦笑した。

「親分、女衒の吉助は、おすみちゃんの死んだお父っつあんが残した古証文《ふるしようもん》を持って来て、未だ借金が残っていると云い、その形におすみちゃんを年季奉公に出せと……」

「で、女衒の吉助は、おすみのおっ母さんに僅かな金を渡し、おすみを連れ出したのか……」

「はい。で、あっしが古証文を良く検めたら、偽造された物だったんです」

伊佐吉は、懐から古証文を出した。

「それで、おすみを連れ戻しに、危ないのを承知で江戸に追って来たか……」

「はい……」

「処で伊佐吉、お前とおすみ、どんな拘りなんだ……」

「江戸から逃げて、諸国を流れ歩き、甲州で熱が出て死にそうになった時、おすみちゃんやおっ母さんに助けて貰ったんです。それから、畑仕事の手伝いをするようになって……」

伊佐吉は、懐かしそうに告げた。

「そうか。命の恩人の一大事。幾ら危ない江戸でも舞い戻るか……」

「はい。おすみちゃんを一刻も早く、おっ母さんと幼い弟妹の待つ甲州勝沼に帰してやりたいんです……」

「うん。伊佐吉、その古証文、ちょいと見せてくれ……」

「はい……」

伊佐吉は、弥平次に古証文を差し出した。

弥平次は、古証文を受け取って陽差しに翳《かざ》して見た。

古証文に書かれた借金十両の文字の上には、短い横棒が二本書き足されていた。

女衒の吉助は、払い終わった十両の古証文に二の字を書き足して二十両とし、未だ半分しか返済しておらず、娘おすみの年季奉公を要求したのだ。

「下手な細工をしやがって……」

弥平次は、怒りを滲ませた。

「親分……」

「伊佐吉、谷中の鶯楼に行くよ。仕度をしな」

「は、はい。ちょいと仕度を……」

伊佐吉は、嬉しげに頷いて古い番小屋に戻った。

弥平次は振り返った。

由松と勇次が駆け寄った。

「勇次、おすみの年季奉公は女衒の吉助の騙りだ。伊佐吉と谷中の鶯楼に行く。

此の事を急ぎ秋山さまにお報せしてくれ。由松、女衒の吉助の居場所をな」

「承知……」

勇次と由松は駆け去った。

木置場の堀割は煌めき、小鳥の囀りは満ち溢れていた。


谷中の岡場所は昼から賑わっていた。

弥平次は、伊佐吉を伴って女郎屋『鶯楼』を訪れた。

女郎屋『鶯楼』の主の五郎蔵《ごろぞう》と女将のおこうは、警戒しながらも弥平次と伊佐吉を座敷に通した。

「鶯楼の五郎蔵さんと女将のおこうさんですか、あっしは柳橋の弥平次。こっちは伊佐吉と申します」

「柳橋の弥平次さんって岡っ引の柳橋の親分さんですか……」

五郎蔵は、微かな怯えを過ぎらせた。

「昔はね。今は隠居の身、只の爺ですよ」

弥平次は笑った。

隠居の身とは云え、剃刀久蔵の片腕として長年悪党と対峙して来た弥平次には、充分な貫禄と凄味があった。

「いえ、いえ。それで今日は……」

五郎蔵は、弥平次に探る眼を向けた。

「鶯楼に女衒の吉助が連れて来たおすみって娘がいますね」

弥平次は、五郎蔵を見据えた。

「は、はい……」

「おすみが何か……」

女将のおこうが眉をひそめた。

「ええ。おすみの年季奉公は、吉助が死んだ父親の古い借用証文に細工をしての騙りだと分りましてね」

弥平次は苦笑した。

「じゃあ……」

五郎蔵は、焦りを浮かべた。

「女衒の吉助、おすみを騙して年季奉公をさせた騙り者。おすみの年季奉公は成り立たない事になる」

「そ、そんな……」

五郎蔵は狼狽えた。

「五郎蔵さん、おすみを連れて来て貰いましょうか……」

弥平次は、五郎蔵を厳しく見据えて告げた。

「は、はい。ですが……」

五郎蔵は、不満を露わにした。

「お前が鶯楼の五郎蔵か……」

着流しの秋山久蔵が、勇次を従えて入って来た。

「えっ。は、はい……」

五郎蔵は戸惑った。

「お前が不服なのは分るが、此処は柳橋の弥平次と此の秋山久蔵に任せて貰おう……」

久蔵は笑い掛けた。

「あ、秋山久蔵さま……」

五郎蔵は驚いた。

「それとも何か、お前、おすみの年季奉公が女衒の吉助の騙りだと知っていたんじゃあるまいな……」

久蔵は、五郎蔵を見据えた。

「お、おこう、おすみを、おすみを早く……」

五郎蔵は狼狽えた。

「は、はい……」

女将のおこうは、慌てて台所に走った。

「秋山さま……」

弥平次は、微かな安堵を滲ませた。

「やあ。御苦労だな、御隠居。お前が伊佐吉か……」

久蔵は弥平次を労い、伊佐吉に笑い掛けた。

「は、はい。伊佐吉です。いろいろと御造作をお掛け致します……」

伊佐吉は、久蔵に深々と頭を下げた。

「なあに、礼は柳橋の御隠居に云うんだな」

久蔵は笑った。

「は、はい……」

伊佐吉は頷いた。

「伊佐吉の兄ちゃん……」

おすみが女将のおこうに連れて来られた。

「おすみちゃん、迎えに来た。おっ母さんやおはなや直吉《なおきち》が待っているぞ」

伊佐吉は、顔を耀かせた。

「で、でも……」

おすみは、年季奉公を気にして躊躇《ためら》った。

「おすみ、お父っつあんは借金を綺麗に返しているんだ。おすみが年季奉公に出る借金なんかない。だから、おっ母さんたちが待っている勝沼に帰るんだよ」

弥平次は云い聞かせた。

「は、はい……」

おすみは、戸惑いを浮かべた。

「おすみちゃん、此方は弥平次の御隠居さまと南町奉行所の秋山久蔵さまだよ」

伊佐吉は、おすみに笑い掛けた。

おすみは、久蔵と弥平次に深々と頭を下げた。

「よし。五郎蔵、後日、ゆっくり逢おう。それ迄、大人しくしているんだな。御隠居、勇次、伊佐吉とおすみを連れて引き上げるぜ」

久蔵は笑った。

久蔵、弥平次、勇次は、伊佐吉とおすみを連れて女郎屋『鶯楼』を出た。

「ありがとうございました。秋山さま……」

弥平次は、久蔵に頭を下げた。

「礼には及ばない。さあて、此からどうする、御隠居……」

久蔵は、弥平次の出方を訊いた。

「はい。先ずは伊佐吉とおすみを安全な処に連れて行き、女衒の吉助をお縄に……」

「女衒の吉助、何処に居る……」

「今、由松が……」

「そうか。伊佐吉、お前、おすみを助けてどうするつもりだった」

久蔵は、伊佐吉に笑い掛けた。

「はい。おすみちゃんを松坂町の指物師喜六の親方に預かって貰って、吉助の野郎を……」

伊佐吉は、言葉を濁した。

「捜し出して叩き斬るか……」

久蔵は苦笑した。

「は、はい。放って置けば、又人を騙すかもしれません。出来るものなら……」

伊佐吉は頷いた。

「よし。勇次、おすみを松坂町の喜六の親方に預けて来てくれ」

「はい……」

「御隠居、由松から報せが届き次第、女衒の吉助をお縄にするぜ」

久蔵は命じた。


女衒の吉助は、浅草駒形町の自分の家にいる……。

由松からの報せが届いた。

久蔵と弥平次は、伊佐吉を連れて浅草駒形町に急いだ。


浅草駒形堂裏の一膳飯屋から由松が現れ、やって来た久蔵と弥平次、そして伊佐吉を迎えた。

「こりゃあ、秋山さま……」

「御苦労だな、由松。して女衒の吉助、一人か……」

「いえ。痩せた浪人と二人です」

由松は告げた。

「痩せた浪人と二人……」

久蔵は眉をひそめた。

「はい……」

由松は頷いた。

「どうする御隠居……」

「はい。一気に押さえるのが一番かと……」

「よし。由松、俺と御隠居は表から踏み込む。お前は裏からだ」

久蔵は命じた。

「はい……」

由松は頷いた。

「刃向ったら容赦は要らねえ。怪我だけはするな」

「承知……」

由松は、鋼の鎖で編んだ手甲《てっこう》を両手に巻き、指に角手《かくて》を嵌めた。

「じゃあ……」

由松は、久蔵と弥平次に目礼して吉助の家の裏に廻った。

「気を付けてな……」

弥平次は見送った。

久蔵は、由松が裏に廻るのを見計らった。

「よし、行くよ、御隠居、伊佐吉……」

久蔵は、吉助の家に向かった。

弥平次と伊佐吉が続いた。

吉助の家の腰高障子には、中から心張棒が掛けられていた。

久蔵は苦笑し、腰高障子を蹴破った。


腰高障子は音を立てて倒れた。

久蔵、弥平次、伊佐吉は踏み込んだ。

「何だ……」

女衒の吉助と痩せた浪人が、奥から出て来た。

「やあ。女衒の吉助だな……」

久蔵は笑い掛けた。

吉助は後退りし、痩せた浪人が進み出て刀を抜いた。
刹那、久蔵が刀を抜き打ちに放った。
甲高い音が響き、痩せた浪人の刀が弾き飛ばされた。
痩せた浪人は狼狽えた。
久蔵は、刀の峰を返して一閃した。
痩せた浪人は、首筋を鋭く打ち据えられ、気を失って倒れた。
吉助は、身を翻して奥に逃げた。
奥から由松が現れ、逃げ道を塞いだ。
「退《ど》け……」
吉助は、匕首を抜いて由松に突き掛かった。
由松は、鋼で編んだ手甲で匕首を躱し、角手を嵌めた拳で吉助を殴った。
角手の爪が吉助の頰の肉を抉り、肉と血が飛び散った。
吉助は、踠《もが》いて尚も逃げようとした。
由松は蹴飛ばした。
吉助は、仰向けに倒れた。
由松は飛び掛かり、馬乗りになって素早く捕り縄を打った。

伊佐吉は、久蔵、弥平次、由松たちの厳しく鮮やかな捕物に呆然とした。

「女衒の吉助、南町奉行所の秋山久蔵だ。じっくり話を聞かせて貰うぜ」

久蔵は笑った。


久蔵は、女衒の吉助と痩せた浪人を騙りの罪で遠島の刑に処した。

「して御隠居、伊佐吉とおすみは未だ指物師の親方喜六の処にいるのか……」

「はい。秋山さまのお呼び出しを待っております」

「俺の呼び出しか……」

久蔵は苦笑した。

「はい……」

弥平次は、緊張した面持ちで頷いた。

「御隠居、伊佐吉とおすみは、騙された被害者だ。騙り者の女衒の吉助を裁いた今、一件は終わりだ。伊佐吉とおすみは早々に甲州勝沼に帰してやるんだな」

「じゃあ、二人の無頼の浪人殺しは……」

「古い話だ。それに、そいつの仕置は江戸十里四方払だ」

「江戸十里四方払……」

江戸十里四方払とは、日本橋を起点にして五里半径の立ち入りを禁じた仕置だ。

伊佐吉が甲州勝沼に帰るのには、何の支障もないのだ。

「ああ……」

久蔵は頷いた。

「忝うございます」

弥平次は、久蔵に深々と頭を下げた。

「ま、良いじゃあねえか……」

久蔵は微笑んだ。


指物師の伊佐吉は、おすみを伴って内藤新宿から甲州勝沼に出立した。

弥平次は見送った。

伊佐吉とおすみは何度も振り返り、弥平次に頭を下げて遠ざかって行った。

弥平次は微笑み、手を振った。

内藤新宿は多くの旅人が行き交い、土埃が舞い、馬糞《ばふん》の臭いが漂っていた。

この作品は「文春文庫」のために書き下ろされたものです。

文春文庫

隠《かく》れ蓑《みの》

新《しん》・秋山久蔵《あきやまきゅうぞう》御《ご》用控《ようひかえ》（十）

定価はカバーに
表示してあります

2021年5月10日　第1刷

著　者　藤《ふじ》井《い》邦《くに》夫《お》

発行者　花田朋子

発行所　株式会社 文藝春秋

東京都千代田区紀尾井町 3-23　〒102-8008
TEL　03・3265・1211㈹
文藝春秋ホームページ　http://www.bunshun.co.jp

落丁、乱丁本は、お手数ですが小社製作部宛お送り下さい。送料小社負担でお取替致します。

印刷製本・大日本印刷

Printed in Japan
ISBN978-4-16-791690-9

文春文庫　書きおろし時代小説

（　）内は解説者。品切の節はご容赦下さい。

返討ち　藤井邦夫
新・秋山久蔵御用控（四）

武家の妻女ふうの女が、名前も家もわからない状態で寺に保護されたが、すぐに姿を消した。女は記憶がない〝ふり〟をしているのではないか――。女の正体、そして目的は何なのか？

ふ-30-39

新参者　藤井邦夫
新・秋山久蔵御用控（五）

旗本を訪ねた帰りに柳河藩士が斬殺された。物盗りの仕業ではなく辻斬りか遺恨と思われた。だが藩では事件を闇に葬ろうとしている。はたして下手人は誰か、そして柳河藩の思惑は？

ふ-30-40

忍び恋　藤井邦夫
新・秋山久蔵御用控（六）

四年前に起きた賭場荒しの件で、江戸から逃げた主犯の浪人がどうやら戻ってきたらしい。しかも、浪人を追う男の影もちらついて……。久蔵の正義が運命を変える？　シリーズ第6弾。

ふ-30-41

紅染の雨　藤原緋沙子
切り絵図屋清七

武家を離れ、町人として生きる決意をした清七。与一郎や小平次らと切り絵図制作を始めるが、紀の字屋を託してくれた藤兵衛からおゆりの行動を探るよう頼まれて……新シリーズ第二弾。

ふ-31-2

飛び梅　藤原緋沙子
切り絵図屋清七

父が何者かに襲われ、勘定所に関わる大きな不正に気づく清七。武家に戻り、実家を守るべきなのか。切り絵図屋も軌道に乗ったばかりだが――。シリーズ第三弾。

ふ-31-3

栗めし　藤原緋沙子
切り絵図屋清七

二つの殺しの背後に浮上したある同心の名から、勘定奉行の関わる大きな陰謀が見えてきた――大切な人を守るべく、清七と切り絵図屋の仲間が立ち上がる！　人気シリーズ第四弾。

ふ-31-4